पंजा

पंजा

वन्दना यादव

वाणी प्रकाशन
प्रकाशन के उत्कृष्टतम 63 वर्ष

vaniprakashan.com

पेपरबैक पहला संस्करण : 2026

वाणी प्रकाशन

4695, 21-ए, दरियागंज, नयी दिल्ली-110 002

फ़ोन : + 91 11 23273167, 23275710

शाखाएँ

अशोक राजपथ, पटना-800 004, बिहार

कॉफ़ी हाउस कैम्पस, महात्मा गांधी मार्ग, प्रयागराज-211 001, उत्तर प्रदेश

महात्मा गांधी अन्तरराष्ट्रीय हिन्दी विश्वविद्यालय, वर्धा-442 001, महाराष्ट्र

sales@vaniprakashan.in
vaniprakashan@gmail.com

Panja
by Vandana Yadav

ISBN : 978-93-7348-098-5
Novel

मूल्य : ₹ 250

आर. टेक ऑफ़सेट, दिल्ली-110 032 में मुद्रित

वाणी प्रकाशन का लोगो मक़बूल फ़िदा हुसैन की कूची से

प्राक्कथन

बन्धुत्व पर जब लिखा जायेगा, मानव की सर्वकालिक मित्रता का सन्दर्भ उसमें शामिल रहेगा। यह मित्रता उतनी ही पुरातन है जितना मानव का अलिखित इतिहास। इस परम मित्र का जिक्र हमारे पुरातन ग्रन्थ महाभारत से लेकर कथा सम्राट प्रेमचन्द की लेखनी में भी रहा है। देश की धरती से लेकर विदेश तक की लोककथा एवं साहित्य इस मित्रता के कसीदे पढ़ता है। मानव के इस एकमात्र सखा का नाम यदि लेना हो कि तो वह कौन है, मुझे यक़ीनन उसे बताने की ज़रूरत नहीं है। उसकी तस्वीर मन में अपने-आप उभर आती है। आपके मन में यह तस्वीर अपनी-अपनी मात्र-भाषाओं के नाम के साथ बनेगी जिसे हम अंग्रेज़ी में बतायेंगे क्योंकि हिन्दी में हमने अपने इस मित्र का नाम गालीमय मान लिया है।

हाँ तो मैं बात कर रही हूँ उसी परम-मित्र की जो आज रखवाला और पालतू की भूमिका से आगे बढ़कर सखा बन गया है। सखा यानी बन्धु और यही एकमात्र ऐसा रिश्ता है जो देश, समाज और भाषाओं की सीमाएँ तोड़कर धरती की लगभग हर इन्सानी दखल में उसी रूप में मिलता है जितना वह किसी एक छोर पर स्थित अनजाने और छोटे-से क़स्बे में होता है।

इन्सान की यह चाहत हमेशा से रही है कि उसके जीवन में कोई एक ऐसा हो जिससे वह अपने सारे सुख-दुख कह दे। इससे आगे वह यह भी चाहता है कि सुनने वाला, आगे किसी को उसकी बातें ना बताए। जो बात ख़ुद अपने भीतर सुरक्षित नहीं रख सकते, उन्हीं बातों पर दूसरे से अपेक्षा करना कि वह सिर्फ़ अपने तक रखे, इसे दोगलापन कहा जाता है। इसी श्रेणी में हमने मूर्ति के कान में अपने सुख-दुख कहने के बाद, किसी जीव की कमी महसूस की

होगी। यह चाहा होगा कि कोई साँस लेता हुआ ऐसा अजूबा हो जो सिर्फ़ हमारे लिए जिये, हमारे लिए मर जाये। हमारी पसन्द का खाये, हमारी ज़रूरत के लिए भागदौड़ करे, हमारे आगे-पीछे पूँछ हिलाये और तो और हमारे लिए अपनी जान तक दे दे। जीवित प्राणियों में ऐसा मिलना असम्भव था इसीलिए मानव ने जतन से भेड़ियों को कुत्ते के वजूद में उतारा और इस तरह अपने लिए सबसे अच्छा दोस्त प्राप्त कर लिया।

हमने बेहतरीन दोस्त पा लिया यह एक पक्ष हुआ। क्या हम भी उस प्राणी के उतने ही अच्छे मित्र बन सके, यह हर व्यक्ति और हर घर की अलग कहानी है। बात इस तरह है कि जहाँ मित्रता है, वफ़ादारी है, वहीं दगा है, धोखा है, फ़रेब है और इन्सानी कमज़ोरियाँ भी हैं। मानव की चाहत का आसमान अपरिमित है। हम अपने लिए सम्भव-असम्भव सब पा लेने की इच्छा करते हैं और उस सबको किसी भी तरीक़े से प्राप्त कर लेना अपना अधिकार भी मानते हैं। निश्छल भावनाओं पर प्रेक्टिकल सोच वाले इन्सानों के मालिकाना हक़ के साथ अंजाम दी गयी घटनाओं ने मुझे यह उपन्यास लिखने को प्रेरित किया।

आइए आपसे उपन्यास के पीछे की कहानी साझा करती हूँ। दरअसल यह उपन्यास एक दिन अचानक की खोज नहीं है। इसकी पटकथा तब लिखी जानी शुरू हो गयी थी जब मैं दूसरी या तीसरी कक्षा में पढ़ रही थी। मेरे जन्म के बाद जो हमारा पहला पालतू कुत्ता था, उसका नाम था–'भूरिया'। मज़बूत कद-काठी और निर्भीक स्वभाव के कारण वह गाँव की सीमा से बाहर तक अकेला घूमता था। उसके भूरे रंग ने उसके नामकरण में सबसे अधिक भूमिका निभायी। हम छुट्टियों में जब गाँव जाते थे, भूरिया हमारा इन्तज़ार कर रहा होता था। उसे हवाओं से हमारे आने की ख़बर मिल जाया करती थी। वापसी में वह हमें छोड़ने गाँव की सीमा से दूर तक आता था। उस समय तक हमारे गाँव में बस अड्डा नहीं था। गाँव से बाहर जाने के लिए हमें गाँव की सीमा के नज़दीक लगते दूसरे गाँव तक पैदल आना-जाना होता था। धीरे-धीरे समय बदला और बस हमारे गाँव भी पहुँची मगर हमारा, अपने गाँव पोता से बस पकड़ने के लिए सेहलंग जाना नहीं छूटा और ना ही भूरिये ने अपना किरदार

बदला। वह खाना खाने के लिए सही समय पर घर पहुँच जाया करता था। इसके बाद उसका शेष समय अपने इलाक़े में दबंगई में बीतता। वह हमारा पालतू कैसे बना, इसके पीछे की कहानी फिर कभी। इसके बाद घर में हमारे साथ रहने वाली हमारी पहली पालतू का नाम 'हनी' था। यह नामकरण भी उसकी लुक को देखकर रखा गया था। वह हमारे ऊँचे-तगड़े भूरिये और किसी पामेरियन नस्ल का मिक्स थी। अपनी माँ जैसी ख़ूबसूरत, शफ्फाक, सुर्ख, उजली काया, लम्बे बालों वाली, मृगनयनी वह अपनी माँ जैसी पतली-दुबली और बहुत ख़ूबसूरत थी। आवाज़ भी बिल्कुल अपनी माँ जैसी मगर ऊँचाई अपने पिता जैसी और स्वभाव में भूरिये को भी मात देती थी। रखवाली का मुद्दा हो या आते-जाते लोगों की कोई हरकत पसन्द नहीं आने पर काट खाना हो, अपने निर्णय पर उसने दूसरी बार कभी नहीं सोचा। इसको कम्पनी देने के लिए हमने चितकबरा-सा देसी नस्ल का 'टाइगर' पाला था। हनी को वह खास पसन्द नहीं आया। कुछ दिनों में ही 'हनी' ने उसे भगा दिया। एक अन्य देसी, 'रोजर' भी रखा था। उसकी कहानी अलग ही रही। आख़िरकार हमारे साथ हनी बची रही। जब तक वह रही, उसका एक-छत्र राज रहा गाँव के घर में और बाद में शहर आने पर हाऊसिंग बोर्ड के घर में भी। इस बैकग्राउंड के साथ शादी करके मैंने पति के घर में कदम रखा। यहाँ ऊँची कद-काठी का ख़ूँखार भेड़िए जैसी दिखने वाली नस्ल का 'जैकी' मेरे स्वागत में तैयार खड़ा था।

आज की तारीख़ में बिटिया शिवानी ने इन्सान का सबसे अच्छा दोस्त रेस्क्यू किया है। इसका नाम उसी का बंगाली वर्जन है जो उपन्यास में हिन्दी में है यानी बौंधु।

अब तक जीये जीवन में मुझे जिन अलग-अलग नस्ल के परम-मित्रों ने अपने साथ रहने का मौक़ा दिया, उन सबके जीवन से कुछ-कुछ अंश लेकर बुना है बन्धु का चरित्र। बन्धु की बातचीत के लिए मुझे गल्प रचना पड़ा क्योंकि सदियाँ बीत जाने के बावजूद हमने उसकी भाषा नहीं सीखी।

अपने परम सखाओं को अक्सर अकेले बैठकर कुछ-कुछ सोचते हुए मैंने देखा है। इनके साथ अपने व्यवहार और स्वार्थ पर भी मैंने ईमानदार रहकर

कर सोच-विचार किया। उपन्यास पर काम शुरू करने से पूर्व अलग-अलग नस्ल के साथ रहने, उन्हें समझने, उनकी साइक्लोजी को समझने के बावजूद मैंने ना सिर्फ़ इनके व्यवहार पर नये सिरे से रिसर्च की बल्कि वेटनरी डॉक्टर्स और एक्सपट्र्स से भी बातचीत करती रही। मैं समझती हूँ कि इस तरह जिस कथा को आप तक पहुँचाने का बीड़ा उठाया था, उसके प्रति न्याय कर सकी।

उम्मीद करती हूँ कि उपन्यास पढ़ने के बाद पाठक अपने आसपास रहने वाले इन मासूम चोपाया के प्रति कुछ अलग नज़रिया बनायेंगे। कुछ भी नहीं तो उनके साथ दोस्ती ही निभायेंगे।

इसे लिखते समय फ़ौज से जुड़ी बहुत सारी जानकारियाँ मुझे मेरे फ़ौजी, यानी मेरे पति कर्नल पुष्पेन्द्र यादव से मिली। हमारे पारिवारिक मित्र ब्रिगेडियर के एस जसवाल और मेरे लाडले बेटे मेजर जनरल पुनीत अग्रवाल ने इस ख़ास ट्रेड से जुड़ी जानकारियों जुटाने में बहुत सहायता की। इन जानकारियों ने उपन्यास को आकार देने में निर्णायक भुमिका निभाई। उपन्यास की अन्य बारीकियों पर हर बार की तरह बिटिया शिवानी का साथ मिला। जेन-जी के नज़रिये का दखल, इसी तरह उपन्यास में सम्भव हो सकी। लिखते हुए जब-जब मैं देर तक एक पॉइंट पर पहुँचकर रुकी रही, शिवानी ने ही मुझे उस अटकाव और भटकाव से बाहर निकाला। शिखा बिटिया से वादा किया था कि इस बार जब वह छुट्टियों में घर आयेगी, तब तक उपन्यास पूरा हो जायेगा। शिखा का समय-समय पर लेखन के विषय में पूछना, एक तरह से मेरे लिए आगे बढ़ते रहने का कारण बना। महत्त्वपूर्ण बात यह है कि वीडियोकॉल पर उपन्यास का पहला चैप्टर दोनों बेटियों ने एकसाथ सुना। मुझे खुशी है कि समय से मैं अपना वादा पूरा करने में सफल रही।

शिवानी बिटिया ने पहले ड्राफ्ट से लेकर फ़ाइनल होने तक उपन्यास को सम्पूर्णता में बार-बार सुना भी और ज़रूरी सुझाव देकर इसमें टेक्नीकल सुधार भी करवाये हैं। इसी क्रम में छोटे भाई रवि ने हमेशा की तरह पूरे उत्साह के साथ ना सिर्फ़ उपन्यास के पहले चैप्टर को बल्कि इसके अधिकांश अंश भी सुने। इसी क्रम में युवा अध्येता विशाल पाण्डेय की भूमिका भी पाण्डुलिपि के प्रथम पाठक के तौर पर ना जाने कब सुनिश्चित हो गयी। सार की बात यह

है कि इस तरह मुझे उपन्यास के लिए ईमानदार पाठकों और आलोचकों की प्रतिक्रियाएँ मिलती रहीं।

आइए अब बात करते हैं उपन्यास के प्रकाशन पर। वाणी प्रकाशन के निदेशक अरूण माहेश्वरी जी, जिन्हें मैं आदर के साथ बड़ा भाई कहती हूँ, से उपन्यास पर बात हुई। भारतीय ज्ञानपीठ से मेरा एक उपन्यास "शुद्धि" आ चुका है इसीलिए आपको मेरी लेखनी पर भरोसा था। प्रकाशन की कार्यकारी निदेशक, अदिति माहेश्वरी गोयल से भी चर्चा हुई और इस तरह मैंने पाण्डुलिपि प्रकाशन हेतु भेज दी। आगे की औपचारिकताएँ पूरी होने के बाद अब यह उपन्यास आप पाठकों के हाथों में है।

आपके जीवन का बन्धु जो आपका निस्वार्थ दोस्त है, आज वही इस उपन्यास के माध्यम से आपको सौंप रही हूँ। आपके साथ एक ऐसा दोस्त हमेशा बना रहे, ऐसी शुभकामना है।

–वन्दना यादव

एक

"पता बदलना, बदलाव का सूचक होता है। बदलते हुए पते के साथ इन्सान में भी बदलाव आते हैं। हर नयी जगह पर पहुँचते हुए वह बिताये गये जीवन का महत्त्वपूर्ण हिस्सा अपने साथ लेकर आता है। कभी-कभी ऐसा भी होता है कि वह बहुत कुछ दफ़ना देने की कोशिश में आगे बढ़ता है।" उसने अपने आपसे कहा। इस समय अपने सामने घट रहे घटनाक्रम में दखल देने का उसका कोई इरादा नहीं था। वैसे यह व्यवहार उसके स्वभाव से बिल्कुल उलट है। आमतौर पर दूसरों के मामलों में दखल देना उसका प्रिय शग़ल रहा है। बल्कि कहा जाये कि एक समय तक यही सब करना उसको सुख देता था, तब सही होगा। इसके बाद जैसे-जैसे समय बदला, उसके आसपास की चीज़ें भी बदलने लगीं और हालात भी बदल गये। अब तक इतना कुछ बदल चुका है जिसके बारे में वह अक्सर सोचता है कि क्या कुछ याद रखा जाये और क्या भूल जाये।

"हाँ, तो बात हो रही थी बदलाव की। पता बदलने की विभीषिका झेलते-झेलते मैं ख़ुद भी तो कितना बदल गया हूँ। बदलते हुए परिवेश ने मेरे भीतर एक अलग क़िस्म का ठहराव ला दिया है। आमतौर पर इन्सान, बदलाव को परिपक्व हो जाना कहते हैं। हाँ, शायद मैं भी परिपक्व ही हो गया हूँ।" इस बार उसने परिपक्वता के साथ अपनी पलकें झपकीं।

"इन्सानों के साथ रहते-रहते, उनकी भाषा समझते और उनके साथ काम करते हुए मैं भी तो लगभग इन्सान ही हो गया हूँ।" उसने अपने आपसे कहा और सामने घट रहे घटनाक्रम से नज़रें हटाकर दूसरी ओर इस तरह चेहरा घुमाया, जैसे सामने कुछ हो ही नहीं रहा है। जिस बेरुख़ी से उसने नज़रें

घुमाई, अपनी ऐसी उदासीनता पर आजकल वह हैरान नहीं होता। कभी होती थी हैरानी, लेकिन अब नहीं होती।

"इन्सान बनकर मुझे ऐसा क्या क्या हासिल हो जायेगा? मैं जो हूँ, जैसा हूँ, एकदम सही हूँ।" अक्सर वह यह बात दोहराया करता है। आज भी मन हुआ था ख़ुद को यही सब फिर से कहने का मगर उसने ऐसा कहने से ख़ुद को रोक लिया।

"शुरूआती दिनों में तो जहाँ धुआँ तक दिखायी नहीं देता था, ऐसे मामलों में उसकी नाक ख़ुद-ब-ख़ुद घुसी चली जाती थी। वह ऐसे ढ़ेर से आग पकड़ लाया था जहाँ से चिंगारी की उम्मीद भी नहीं थी। बाद के समय में किसी ओर के मामले में नाक घुसाने की यही आदत, उसकी ताक़त बन गयी थी और भूसे के ढ़ेर से सूई तलाशना, उसका पेशा। असली बात तो यह है कि अब तो याद भी नहीं है कि कितने पेचीदा केस उसने सुलझाए थे।" उसने ख़ुदको शाब्बाशी देने के अन्दाज़ में कहा। यह सब वह सिर्फ़ कहने के लिए नहीं कह रहा था और ना ही यह आत्मसुखाय की बात थी। दरअसल जीवित रहने के लिए समय-समय पर मन-मस्तिष्क में गर्व के भाव और आत्मविश्वास का फ्यूल डालते रहना ज़रूरी होता है। इन दिनों अक्सर वह ऐसा कर लेता है। उम्र के एक पड़ाव पर पहुँचने के बाद इन्सान कहना शुरू कर देता है, 'एक उम्र बीतने के बाद ख़ुशियाँ मिलती नहीं हैं, उन्हें तलाशना पड़ता है।' उसने भी इन्सानों का इज़ाद किया हुआ यही फ़ार्मूला अपना लिया है।

शेरू नाम रखने के पीछे कोई ख़ास बात तो रही होगी। 'शेरू' क्या जंगल के उसी बड़े जानवर जैसी दिखने वाली किसी आपदा का नाम होता है जिसने...अपनी आदतों पर ज़ोर डालते हुए उसने सोचा। वैसे...ऐसा भी नहीं है कि याद करने को इसके सिवा उसके पास और कोई घटना नहीं है पर वह दिन अलग ही था। उस दिन एकदम अचानक सब कुछ बदल गया था। सब कुछ होने से कुछ भी नहीं होने का फ़र्क़ पलक झपकते ही मिट गया था। सच बात यह है कि उस उम्र में इन दोनों स्थितियों का अन्तर उसे समझ भी नहीं आता था। हाँ, दूसरी स्थिति में पहुँचते ही पहले वाली स्थिति के नहीं होने की भयानक कल्पना, जैसे सच हो गयी थी। उसे अब तक वह दिन याद है।

माँ लेटी हुई सब भाई-बहनों को दूध पिला रही थी। बस इतना ही याद आता है। फिर क्या हुआ और क्या नहीं, ठीक से उसे कुछ भी याद नहीं आता। माँ अचानक जोर से चिल्लाई थी, यह उसे हमेशा याद रहता है। आमतौर पर घुर्राने वाली माँ, मिमयाई और शायद रोई थी। उसे माँ की एक-दो छोटी-छोटी सी आवाज़ें भी सुनाई दी थीं। घुटी-घुटी हुई या शायद डरी-डरी हुई-सी आवाज़। इसके बाद ना वहाँ माँ थी, और ना ही माँ की आवाज़ बची थी। माँ की अन्तिम याद के रूप में उसे वही प्याऊंऽऽऽ...की आवाज़ याद आती है जो उसने आख़िरी बार सुनी थी। दूध पीते हुए सारे भाई-बहन इधर-उधर लुढ़क गये थे। जहाँ तक उसकी समझ साथ देती है, आज भी यही लगता है कि माँ को किसी ने झपट्टा मार कर उठा लिया था। माँ वहाँ से अचानक गायब हो गयी थी। जैसे वह कभी, कहीं थी ही नहीं। जबकि यह सच नहीं है। माँ के होने से ही हम सब भाई-बहन थे। उस समय तो उसे कुछ भी समझ नहीं आया था मगर अब वह जानता है कि उस दिन क्या हुआ होगा...माँ अचानक कहाँ गायब हो गयी थी। असल में माँ का गायब होना और अधिकांश भाई-बहनों का गहरे गड्ढे में गिरना, एकसाथ हुआ था। छोटे, नन्हे-मुन्ने बच्चों को चोटें लग गयी थीं। एक-दो भाई-बहन पहाड़ से फिसल कर इधर-उधर कहीं गिर गये थे। शायद वह गुम हो गये होंगे यही कारण था कि वह सब गिनती में कम हो गये थे। उसे भी जिस जगह से बचाया गया था, वहाँ अँधेरा था। उस समय रात तो नहीं हुई थी, लेकिन लुढ़क कर वह जहाँ पहुँच गया था, उस जगह की गहराई इतनी थी कि वहाँ तक सूरज की रौशनी नहीं पहुँच रही थी। उसे बस इतना ही याद है कि उसके साथ शायद उसके दो-तीन भाई-बहन और भी थे। सब मिलकर कूंकूंकूंकूं की अपनी बाल सुलभ आवाज़ में रो रहे थे कि उसी समय कुछ अलग तरह की आवाज़ें उसके कान में पड़ीं। वह सहम कर चुप हो गया था। दर्द से कराहते, और ड़र से काँपते हुए उसने महसूस किया था कि उसके पैरों के नीचे से अचानक ज़मीन गायब हो गयी है। कुछ देर में समझ आया था कि उसे किसी ने हाथ में उठाया हुआ है। झाड़ियों और काँटो से अलग, वह नर्म और गुदगुदा-सा स्पर्श था। ऐसा स्पर्श इससे पहले कभी नहीं मिला था। बादमें पता लगा था कि इन्सानों ने उसे और उसके भाई-बहनों को बचा लिया है। वही लोग गड्ढे से बाहर निकाल कर सारे बच्चों को उपर ले लाए

थे। उसके लिए वही पहला इन्सानी स्पर्श था। उसके बाद से आजतक के स्पर्श गिनना उसके लिए भी असम्भव जैसा है।

"शेरू...हाँ शायद ऐसे ही किसी नाम से पुकारते थे शुरू-शुरू में मुझे।" यादों की गलियों में दफ़न क़िस्सों को खँगालने की कोशिश में उसे आज बहुत कुछ याद आ रहा था।

"कितना आसान होता है ना कोई भी नाम रख देना। शेरू...मेरे साथ के अधिकतर बच्चों के नाम इसी तरह के थे। ऐसा नाम रखने में ज़्यादा सोच-विचार की ज़रूरत नहीं पड़ती है ना।" उसने नापसन्दगी से अपना सिर झटक दिया।

"जो भी था, वो शेर नहीं था। मैं जानता हूँ कि शेर इस तरह इन्सानी बस्ती के पास, बिल्कुल अकेले, अपने झुंड के बिना शिकार करने नहीं आते। और...शेर इस तरह छलाँग लगाकर शिकार नहीं करते। ज़रूर चीता रहा होगा।" अपनी समझ के अनुसार वह निर्णय पर पहुँच गया था। इन दिनों वह अपने जीवन का गणित सुलझाने की कोशिश करता रहता है। इसी क्रम में आज सुबह-सुबह उसकी यादों ने बचपन की गलियों का चक्कर लगाने का मन बना लिया था।

"बन्धू...बन्धू..." की आवाज़ जैसे उसके कानों में पड़ी, वह समाधि से बाहर निकल आया। इस आवाज़ को वह पहचानता है। लगभग सात-आठ महीनों से यही आवाज़ हर समय उसके साथ बनी रहती है। जिस ओर से उसे पुकारा गया था, उधर देखने से पहले ही उसके क़दम अपने-आप आवाज़ की दिशा में चल पड़े।

"बन्धूऽऽऽ' इस बार की पुकार में आदेश की गड़गड़ाहट थी। शायद वह पलक झपकने के साथ उपस्थित नहीं हुआ था। मालिक लोग जितना भी प्रेम करते हों, आदेश के पालन में ज़रा-सी देर होते ही, प्रेम-प्यार सब गायब हो जाता है। जिस तरह फ़ोन पर "साहेब या उनके परिवार का नाम मोबाइल की स्क्रीन पर देखते ही भावेश ख़ुद 'सर...सर...' कहता है, वैसी ही मुस्तैदी मुझसे भी चाहता है।" वह फिर से समाधि की ओर चल पड़ा था। आजकल ऐसा बार-बार होता है मगर इस समय कोशिश कर, उसने स्वंय को उस दिशा में जाने से रोक लिया।

भावेश को देखकर उसने दूर से ही पूँछ हिलाना शुरू कर दिया था। जिन्हें वह पसन्द करता था, उन सबके लिए यह क्रिया उसका शरीर अपने-आप करने लगता था। उसने सिर्फ़ दिखावे के लिए यह सब कभी नहीं किया। हाँ अब वह जानता है कि किसको देखकर पूँछ हिलाना है और किसके लिए नहीं हिलाना है।

"शुरुआत की बात अलग है जब उसका ख़ुद ही अपने अंगों पर नियन्त्रण नहीं था। उस समय पूँछ उसके मन के भाव कहाँ समझती थी। असलियत तो यह है कि उसे बहुत बाद में पता लगा था कि यह पूँछ जो हर समय हवा में लटकती, उसका पीछा करती रहती है, दरअसल यह उसके शरीर के साथ ही जुड़ी हुई है। इस जानकारी से पहले तक पूँछ का हर जगह उसके पीछे-पीछे आना, उसकी परेशानी का सबसे बड़ा कारण था।" बीती हुई बातें याद कर वह मन ही मन मुस्करा दिया।

"बचपन भी ना...अधिकांश बातों की जानकारी नहीं होने से बड़ी परेशानियों से बचा लेता है। उस समय तो अपना ही अतापता नहीं होता था।" बचपन के दिनों की मासूमियत याद कर उसके चेहरे पर मुस्कान आ गयी।

"कितना समय तो गोल-गोल घूमते हुए अपनी पूँछ पकड़ने में ही बीत जाया करता था।" उसे बचपने की मासूमियत भरे दिन याद आ गये।

"वैसे आजकल जहाँ मैं रह रहा हूँ, यहाँ 'सर-सर' कहने वाले लोग नहीं है। अब एक-दूसरे को 'भाऊ' कहने वाले और उसके साहब को 'साहेब' कहने वालों का जमावड़ा लगा रहता है।" उसने फिर से अपना चेहरा दूसरी दिशा में घुमा लिया जैसे कह रहा हो, "जाओ, नहीं देखनी मुझे तुम्हारी दुनिया...पहले मैं अपनी पहेली को सुलझा लूँ, फिर तुम्हें समझ लूँगा।"

अपने चिन्तन-मनन के साथ जब वह पुकारे जाने वाली जगह पहुँचा, आवाज़ देने वाले को उससे अधिक कोई अन्य महत्त्वपूर्ण काम याद आ गया था। वह इमारत के भीतर जा चुका था।

'महत्त्वपूर्ण और महत्त्वहीन के साथ व्यवहार करने के बारीक अन्तर को इन्सान ने बहुत बारीक़ी से समझा है। सोने पर सुहागा यह कि इन्सान ऐसे अन्तर को दिखाने में कमी भी नहीं छोड़ते। जिसे महत्त्वपूर्ण मानते हैं, उसे सर-माथे पर बैठा लेते हैं। इसके उलट जिसे महत्त्वहीन करार दे देते है, उसकी

मिट्टी पलीद करने में भी कमी नहीं छोड़ते। यह कैसे सम्भव है कि आज जो महत्त्वपूर्ण है, वह कल नहीं रहेगा? हमारे साथ रहने के बावजूद इन्सान ने हमसे कुछ नहीं सीखा।' वह बुदबुदाया। उसे याद आ रहा था कि ट्रेनिंग के दौरान उसे इन्सानी भाषा बोलने के लिए भी प्रेरित किया गया था। ट्रेनर की मेहनत के साथ उसने भी बोलने की कोशिश की थी। इस क्रम में वह सियार के समान हुआ...हुआ...हू...हू...जैसी आवाज़ निकालने भी लगा था मगर ट्रेनर्स को इस तरह की भाषा नहीं चाहिए थी। उसके प्रयासों को तुरन्त रोक दिया गया।

"वैसे यह नयी बात नहीं है। उम्र बढ़ने के बाद इन्सान अपने पालतू को घर से बाहर निकालने में संकोच भी नहीं करता जबकि हम अपने बचपन से लेकर बुढ़ापे तक घर के सभी सदस्यों को प्यार करने या उनका हुक्म बजाने में कमी नहीं रखते।" साहेब के पिताजी के साथ अपने व्यवहार को याद करते हुए वह सोच रहा था।

"सच बात तो ये है कि मुझे इन दिनों अपने बोलने, बात करने और सबके बीच खड़े रहकर बड़बड़ाने में मज़ा आने लगा है।" यह सोचकर ही वह मुस्करा दिया।

"पहले-पहल मुझे यह सोचना ही अजीब लगता था कि दिन-रात हमारे साथ रहकर भी इन्सान ने कभी हमारी बोली समझने की कोशिश क्यों नहीं की? हैरानी अब भी होती है कि अगर ये लोग थोड़ी भी कोशिश करते तो हमारी अनजान दुनिया के रास्ते इनके लिए खुल जाते। मगर इन्सान तो फिर इन्सान ठहरा। जिनसे वह डरता है, उन्हीं से सीखता है, जिस पर अधिकार कर लेता है, उसको डराने में जुट जाता है। पालतू बना लिए गये जीव-जन्तुओं को वह अपने अनुकूल बनाने में लगा रहता है। इन्सानी प्रजाति किसी को अपने बराबर नहीं मानती। ये लोग किसी के द्वारा ख़ुद का काबू कर लिये जाना कुबूल लेते हैं या किसी पर काबू पाना इनके लिए सामान्य घटना हो सकती है। बस किसी को अपने समकक्ष मानना इनके उसूलों के ख़िलाफ़ है।" जीवन भर के अनुभव को आधार बनाकर वह इन्सानी व्यवहार की तस्वीर बना रहा था।

"कितनी सदियाँ और ना जाने कितनी पीढ़ियाँ लगा दीं इन्होंने हमें अपने जैसा बनाने में। ना हम इनके जैसे हुए और ना इन्होंने हमारे जैसा होना

चाहा।" इस विचार के आते ही एक बार फिर से उसके चेहरे पर मुस्कान फैल गयी।

"जितना ये हमें सिखाने में जान लगाते हैं, उसकी एक चौथाई ताक़त भी हमारी भाषा समझने में लगाते तो...' उसने इन्सानी व्यवहार की आलोचना करने के बारे में नहीं सोचा था मगर इतने सोच-विचार के बाद लग रहा है कि वह इसी दिशा में बढ़ चला है।

"वैसे इन्सान अपने-आप को समझदार समझता है। सोचता है कि जितना उन्होंने मुझे सिखाया, वह सब कुछ मैंने समझ लिया है। वह इससे आगे का सोचते ही नहीं। इन्होंने बचपन में ही मुझे अपनी नस्ल से दूर कर दिया था। तब से दिन-रात मैं इनके साथ रह रहा हूँ तो क्या सिर्फ़ वही समझूँगा जो ये मुझे समझाना चाहते हैं! मेरी समझदारी पर इतना भरोसा है कि बड़े से बड़े क्रिमिनल केस, मेरी समझ से सुलझ जाते हैं। किसी की सुरक्षा में लग जाऊँ तो इन्सान बेफ़िक्र हो जाते हैं। ऐसे 'समझदार' के साथ रहते हुए भी ये ख़ुद बुद्धु बने रहते हैं।" इस बार उसने गर्व के साथ अपनी पलकें झपकीं। इस क्रम में उसकी बायीं आँख की भौंह उपर उठकर तिरछी हो गयी थी। अभी-अभी पैदा हुए इस नये विचार के साथ ही उसने अपना चेहरा इन्सानों के झुण्ड से दूसरी दिशा में घुमा लिया। अभी वह ख़ुद को समझदार हो जाने जैसा महसूस कर रहा था।

"ये लोग हमें मासूम कहते हैं। उल्टा मुझे तो कभी-कभी इनकी मासूमियत पर हैरानी होती है।" इस बार उसके चेहरे पर मुस्कान फैल गयी।

"हाँ, एक बात तो है कि केस सुलझाने के दौरान मेरा भौंकना, गुर्राना और बॉडी लेंग्वेज तक इनके सही-सही समझ आ जाता है। तब तो मेरे एक इशारे पर ये लोग बाल की खाल तक निकाल लेते हैं पर केस ख़त्म होने के बाद मेरी भाषा इनमें से किसी को समझ नहीं आती।" वह बुदबुदाया।

"इन्सान को ग़लतियों का पिटारा कहते हैं। अब समझ आया कि यह सच ही कहा जाता है। ये लोग स्वार्थी तो होते हैं पर इन्हें ठीक से स्वार्थी बनना भी नहीं आया। ना जानवरों की भाषा समझी, ना हमारा व्यवहार ही समझना चाहा और तो और ये लोग प्रकृति को भी नहीं समझना चाहते। इन्हें तो मैं स्वार्थी भी नहीं कह सकता। अपने ही जीवन में आग लगा रहे हैं। इनके किए

की सज़ा सबको भुगतनी पड़ती है। एक दिन दुनिया ख़त्म होगी इनकी वजह से, पर इनके साथ मारे जायेंगे हम भी।" इन्सानों के साथ महत्त्वपूर्ण मीटिंग्स में शामिल होने का कुछ फ़ायदा तो उसे हो ही रहा है। बहुत सारे शब्द वह सहज रूप से समझने लगा है जबकि हर मीटिंग में इस्तेमाल होने वाले कुछ नये शब्द उसके लिए भी नये ही होते हैं। इसके बावजूद वह जानता है कि उन समझ नहीं आने वाले शब्दों के अर्थ चिन्ताजनक स्थिति का कारण बन रहे हैं।

"यहाँ कब तक खड़ा रहूँगा? जब दोबारा बुलाएँगे, तब आ जाऊँगा।" कुछ देर इन्तज़ार करने के बाद इस बार वह नयी दिशा की ओर चल पड़ा।

"साहेब के फ़ार्महाऊस में अलग तरह का रहन-सहन है। मेरे अब तक के जीवन जैसा तो यहाँ कुछ भी नहीं है, पर...देखा जाये तो यहाँ कोई कमी भी नहीं है। फ़र्क़ बस इतना ही है कि यहाँ सब कुछ अलग-सा है।" उसने अपने-आप से कहा।

"पहला घर कहाँ था, कैसा था, अब इसकी धुँधली सी याद बची है। बचाने वाले लोगों ने बचाव अभियान के बाद जहाँ उसे रखा था, उसकी प्रजाति के बहुत सारे छोटे-बड़े चोपाया वहाँ पहले से रह रहे थे। उसके जैसे दिखने वाले कुछ बड़े आकार के थे तो कुछ उसकी उम्र के आगे-पीछे वाले भी थे। तब उसे कहाँ पता था कि वह क्या है? उसकी प्रजाति कौन-सी है? उसे एक नाम से पुकारा जाता था। जहाँ तक उसे याद आता है, यह नाम शायद शेरू था।" उसने पीछे मुड़कर देखा, अब तक 'साहेब' के फ़ार्म हाउस के रखवाले या भावेश में से कोई भी बाहर नहीं आया था। शायद उसे पुकारने वालों का ज़रूरी काम, अभी ख़त्म नहीं हुआ है। उसके पहुँचने से पहले ही भावेश घर के अन्दर जा चुका था।

'जब बुलाएँगे, फिर आ जाऊँगा।' उसने लम्बे-चौड़े स्टाफ को उड़ती-सी नज़र से देखा और अपने प्रिय स्थान की ओर चल दिया। पहाड़ उसे हमेशा से पसन्द है। क्यों पसन्द है, यह बात कम से कम उसके लिए तो राज नहीं है। उसे यक़ीन है कि पहाड़ और चट्टानें, उसे बचपन की याद दिलाती है। वैसे उसका बाक़ी का जीवन भी कम दिलचस्प नहीं रहा। हर जगह पहाड़ी रास्तों जैसी उठा-पटक चलती रही है। उसके जीवन में पहाड़ों की ख़ास भूमिका रही है। पठार जैसी जगह पहुँच कर उसने चट्टानों के बीच फैली रेत पर अपना

क़ब्ज़ा ज़मा लिया। यहाँ से वह दूर-दूर तक देख सकता है। नज़र रखने की ट्रेनिंग ही तो दी गयी थी उसे। यही आजतक उसके काम आ रही है।

उसकी प्रजाति की यादाश्त कमाल की होती है। यह विचार आते ही गर्व की भावना जाने कहाँ से उसके भीतर से फूट पड़ी। अनायास ही उसकी गर्दन अकड़ गयी, कान ऊँचे हो गये, पूँछ सीधी होकर एक फर्लांग दूर तक तन गयी। जो गुण उसे विरासत में मिले हैं, उसी पर इन्सानों ने अपने हिसाब से मेहनत करके, उसको और चमका दिया है। हक़ीक़त याद आने पर उसकी अकड़ थोड़ी कम हुई। वह वापस अपने आप में लौट आया। उसे हर चीज़ याद रहती है। यह ख़ासियत उसकी बिरादरी को प्रकृति से तोहफे में मिली है। इसी तोहफे के कारण उसे अधिकांश बातें ज्यों की त्यों याद हैं।

"पहले-पहल वह सिर्फ़ गन्ध जानता था मगर ख़ास क़िस्म की ट्रेनिंग ने उसे गन्ध, महक और ख़ुशबू में फ़र्क़ समझा दिया था। वह जानता है अपने लोगों में प्यार की सुगन्ध होती है। मीठी-मीठी-सी सुगन्ध...उसके लिए यह सुगन्ध, हर बार कुछ समय बाद बदलती रही है। जितना प्यार उसने दिया, उतना ही उसे वापस मिलता रहा है।" विचारों की दुनिया में दौड़भाग करते-करते अचानक वह वह रुक गया। सोच-विचार चिन्ता में बदल गये थे। इस विचार पर अपनी सहमती की मोहर नहीं लगा सका। हर बार कुछ कमी-सी तो रह ही जाती है। पिछली बार जैसा तो कुछ भी नहीं होता। नयी जगह पर सब कुछ नया ही होता है। हर बार नये लोग, नया माहौल। और तो और ट्रेंड होने के बावजूद हर नयी जगह पर नयी तरह की ट्रेनिंग भी दी जाती है।

"इतने गुण भर गये हैं मुझमें कि ग़लती से कहीं अप्लाई कर दूँ, तो बड़ी से बड़ी जॉब भी मेरी हो जाये जबकि..." कुछ सोचकर वह रुक गया। जानता है कि उसके गुणों को समझता ही कौन है। 'हैलो' और 'शेकहैंड' करने से आगे, कुछ लोग ही बढ़ पाते हैं। कोई अख़बार उठा कर लाने की, 'जूते-चप्पल लाने, ले-जाने की ज़िम्मेदारी दे देता है तो कोई दरवाज़ा खोलने, बन्द करने का काम भी उससे करवा लेते हैं मगर अन्त में सब के सब एक ही लेवल पर पहुँच जाते हैं। दरवाज़े की घंटी बजते ही या दरवाज़े के बाहर गाड़ी का हार्न सुनकर सब उसका रिएक्शन देखते है। घर में बैठे-बैठे वह जानना

चाहते हैं कि बाहर कौन आया है। ऐसा करने के पीछे इन्हें ग़लत भी तो नहीं कह सकता आख़िर ये सब हैं तो एक ही बिरादरी से...।" उसने ख़ुद से कहा।

"कितनी बार मैंने बताना चाहा कि दरवाज़ा खोलकर देख लो या सिक्योरिटी कैमरे लगवा लो। अपने पालतू के हाव-भाव देखकर यह समझना कि बाहर कौन आया है, कारगर उपाय नहीं है। आने वाले को बिना देखे उसकी पहचान बताने का काम मैं कैसे कर सकता हूँ? मेरे इतने सारे पते बदलते रहे हैं कि हर जगह आने वाले मेहमानों को बिना देखे, उसकी पहचान बताना मुश्किल काम है। वैसे भी मैं कोई भविष्य वक्ता तो हूँ नहीं जो आने वाले के नाम की सही-सही भविष्यवाणी कर दूँगा। हर बार की तरह मेरी यह अर्ज़ी भी अनसुनी रह जाती है। उस पर तुर्रा ये कि घर आये दोस्तों की नीयत जाँचने के लिए इन्सान अपने कुत्ते पर भरोसा करता है। पल-पल में किरदार बदलने वाले लोग, अपनी बिरादरी की ईमानदारी जाँचने के लिए जानवर पर भरोसा कर लेते हैं। अपने पालतू की समझ पर जीवन भर के रिश्ते दाँव पर लगा देते हैं...और क्या हो अगर हम इनके साथ खेल कर दें!" रिश्तों की गुणा-भाग में उलझे इन्सान की फितरत पर वह अपनी गणित लगा रहा था।

"जितनी अलग-अलग तरह की ट्रेनिंग मुझे मिली है और जितने गुण मुझमें हैं, उन्हें सब लोग कहाँ समझ पाते हैं। हर बार नये मिलने वाले लोग तो यही समझते हैं कि आख़िर में मुझे करनी तो रखवाली ही है। मेरी भौंक या गुर्राहट, आने वाले का चरित्र निर्धारित करती है।" उसने फार्महाउस के मुख्य द्वार पर नज़र टिकाते हुए कहा।

दो

"सुख और दुख की सीमा पर आँसुओं का सैलाब बसता है। उस समय मेरी आँखें नम थीं। क्यों लग रहा था कि मैं सुख या दुख की हद पर खड़ा हूँ? जबकि सच्चाई तो मैं भी जानता था कि उस समय सुखी तो मैं हरगिज नहीं था। इससे बड़ा सच यह भी था कि ताज़ा घट रहे घटनाक्रम पर मुझे दुखी होने का समय भी नहीं मिला था।" तेज़ रफ़्तार से आगे बढ़ती समय की सूखी नदी में वह सावन की बौछार से बहाव पैदा करने की कोशिश कर रहा था।

"यह ठीक है कि मैंने जीवन का शोक कभी नहीं मनाया मगर वहाँ ख़ुश होने जैसा भी कुछ नहीं था। हालात इतनी जल्दी बदल गये थे कि भावनाएँ गड़बड़ा-सी गयी थीं। समझ नहीं पा रहा था कि सब कुछ भुलाकर बाहें फैलाए स्वागत कर रही ज़िन्दगी को गले लगा लूँ या अभी-अभी इतिहास हो चुके जीवन पर आँखों में जो नमी आ गयी है, उसे आँसुओं में ढ़ल जाने दूँ। सच बात तो ये थी कि उस समय आसमान की ओर उपर मुँह उठा कर हूहूहूहूहूऽऽऽ...की आवाज़ में रोने को मन चाह रहा था। इतना नहीं कर पाऊँ तब भी अपने बाक़ी हम उम्र की तरह कूं कूं कूं कूं...कर बैचेन होने को तो मेरा मन मचल ही रहा था।" उस दिन का घटनाक्रम याद आने पर वह आज भी घबराहट-सी महसूस करता है।

"उस दिन भावनाएँ अतिरेक पर थीं। मैं सोच रहा था कि सामने खड़ा जीवन जितने प्रेम से मुझे बुला रहा है, मुझे भी इस नयी दुनिया में उतने ही प्रेम-प्यार के साथ घुल-मिल जाना चाहिए। मेरी पूँछ, मेरे मनोभावों की तरह हरकत कर रही थी। कभी नये जीवन से भय जैसा लगता था तो कभी घबराहट होने लगती थी। अनजाने भय से मेरी पूँछ, पिछले दोनों पैरों के बीच में दुबक गयी

थी। दुम की तरह मेरे कान भी नीचे हो गये थे। देखने वालों को सिर्फ़ इतना ही दिख रहा था जबकि उस दिन मेरी आँखें भी डरी-सहमी हुई थीं। मैं सबको कातर निगाहों से देख रहा था। उस समय मेरे मन में कितनी उथल-पुथल चल रही थी, वहाँ मौजूद कोई व्यक्ति यह नहीं समझ रहा था। मुझे तो इन्सान भी नयी प्रजाति की चीज़ लग रहे थे। आख़िर उस वक़्त मेरी उम्र भी तो कितनी-सी ही थी। वैसे जीवन के दबाव और झटकों को झेलने के लिए उम्र से अधिक, समझदारी काम आती है। लेकिन उस समय मैं उम्र के जिस दौर में था, तब तक मेरी समझ का पौधा, बुद्धि की ज़मीन में रोपा भी नहीं गया था। समझदारी के पाँव भी तो लड़खड़ाए हुए थे।" अपनी राय को सही साबित करने के लिए उसने कुछ तर्क तलाश लिये हैं। उसकी सोच सही है या ग़लत, इस झंझट में वह नहीं पड़ना चाहता। वैसे भी यह उसका जीवन है, तो निर्णय भी उसका ही होगा। आज भी यह सब सोचते हुए उसे अपना हर तर्क सही लगता है।

"मैं शायद दो महीने का भी नहीं था जब पहली बार मेरा तबादला हुआ था। तबादला...हाँ, मुझे अपने स्थान परिवर्तन के बारे में सोचते हुए यह शब्द सही लगता है। वह पहली बार था, उसके बाद तो मैंने जितने तबादले झेले, उनका मुक़ाबला फ़ौजियों से ही किया जा सकता है।" उसे अपने बचपन की अधिकांश घटनाएँ लगभग सही-सही याद हैं।

"यह पहली-पहली बार की बात है। तब मुझे लग रहा था कि बड़े-से बक्से में बन्द कर, ये लोग मुझे कहाँ ले जा रहे है?' आज भी उस दिन के बारे में सोचते हुए मुझे अजब-सा महसूस होता है। वह भावना आज भी रोमांचक तो किसी तरह नहीं लगती। दिन के उजाले में मैं चला था। गाड़ी इतनी तेज़ दौड़ रही थी कि हिचकोले खा-खाकर मेरी हालत ख़राब हो गयी थी। मुझे यह पता नहीं था कि बक्से में बैठते ही मैं अपने भाई-बहनों से हमेशा के लिए बिछड़ जाने वाला हूँ। अपनी धरती, अपने पहाड़ और अपने लोग, उसी दिन बिछड़ गये थे।" यह सब याद आने से उसके मन में अपने भाई-बहनों की यादें फिर से ताज़ा हो गयी।

"ऐसा नहीं था कि उस समय इन भावनाओं का मेरे लिए कोई मोल नहीं था। बस उस उम्र में मुझे अपनी भावनाओं की सही-सही समझ नहीं थी। मेरे लिए यह एक बड़ा बदलाव था और बदलाव झेलना सबके बूते की बात कहाँ

होती है? बड़े-बड़े लोग घबरा जाते हैं। वैसे उस दिन मुझे भी यही लग रहा था कि किसी तरह उस बक्से से और गाड़ी के चलने से हो रही बेहिसाब उछल-कूद से मुक्ति मिल जाये। मगर ऐसा सम्भव होता हुआ लग नहीं रहा था। दिन का उजाला धीरे-धीरे अँधेरे में ढलने लगा था और फिर सब तरफ़ अँधेरा हो गया...यह वैसा ही अँधेरा था, जिससे मुझे डर लगता था।" विशालकाय दरवाज़े के पास चल रही चहलक़दमी से नज़र हटाकर उसने कुछ देर के लिए अपना ध्यान अपने-आप पर केन्दित कर लिया था।

"आख़िरकार एक जगह गाड़ी रुकी। जब मेरी ख़ैर-ख़बर ली गयी। इस समय तक मैंने अपनी ओर से जीवित बचे रहने के लिए युद्ध स्तर पर तैयारी शुरू कर दी थी।" पलायन का पहला् पड़ाव पार करना सबसे मुश्किल था। इसके बाद भी दूसरी ओर तीसरी बार तक वह बेचैन हो जाया करता था। हर बार का बदलाव उसके भीतर भी कुछ बदलाव तो ला ही रहा था। बैचैनी और असहज होने की प्रक्रिया हर बार चलती थी मगर बाद में उसके मन से डर जाता रहा था।

उसकी सोच के अनुसार, उपर से खुले बक्से में उसे अजब घुटन हो रही थी। लग रहा था कि शायद वह हमेशा के लिए इस बक्से में ही बन्द कर दिया गया है। उसके लिए सबसे पहले इस जेल जैसी चीज़ से बाहर झाँकने जितना इन्तज़ाम ज़रूरी था। बक्सा शायद मोटे गत्ते का बना था। अपनी सारी ताक़त लगाकर उसने अपने छोटे-छोटे दाँतों से बक्से का उपरी सिरा इतना छील लिया था कि बैठे-बैठे वह बाहर झाँक सकता था। उसके दाँत उस समय तक नुकीले नहीं थे ना ही इससे पहले उसने जान बचाने के लिए इस तरह का युद्ध लड़ा था मगर हर चीज़ कभी ना कभी पहली बार ही होती है। उसने अपना पहला युद्ध जीतने में पूरी ताक़त लगा दी थी। सारी कोशिशों से बाहर देखने जितनी जगह तो बन गयी थी मगर वह बाहर झाँकता भी तो कहाँ? उसका बक्सा गाड़ी की पिछली सीट के नीचे, पैर रखने वाली जगह पर रखा गया था। गाड़ी में सवार लोगों के सिर्फ़ पैर उसे दिखाई दे रहे थे। उसको गत्ते के डिब्बे में बैठाकर, वह डिब्बा पैरों में रख लिया था। यही कारण था कि पूरी यात्रा में खिड़की से बाहर की दुनिया कब, कैसे और कितनी बदली, वह जान ही नहीं सका। पहाड़ कब मैदानों में बदले, यह जानकारी भी उसे बहुत बाद में हुई थी।

हरे-भरे पहाड़ों से उसे कहाँ ले जाया जा रहा है, क्यों लाया जा रहा है, इस बात की जानकारी उसे नहीं थी। इसके बावजूद इतना तो वह समझ ही चुका था कि इस सफ़र पर वह बिल्कुल अकेला है। कुछ ही दिनों के जीवन ने उसे इतना समझा दिया था कि कायर बे-मौत मारे जाते हैं। जीवित रहने के लिए संघर्ष करने वाले ही ज़िन्दा बचते हैं। वह जीवित रहने के लिए पैदा हुआ था। वह ज़िन्दा बचे रहने के संघर्ष में था। उसे ठीक से याद नहीं है कि रास्ते में कब और कहाँ-कहाँ वह रुका, मगर जिस दिन लगा था कि कूं कूं कूं कूं...की भावनाओं से उसका कलेजा फट जाने वाला है, उसी दिन एक पते पर पहुँच गया था। उस दिन पहली बार उसे समझ आया था कि जब तक हालात से डरते रहोगे, हालात डराते रहेंगे। मगर जिस दिन हालात के सामने अकड़ कर खड़े हो जाओगे, हालात हार जायेंगे। बस उसी दिन हालात से हार ना मानने की सीख उसने दिमाग़ में बैठा ली थी।

"जीवन में पहली बार गाड़ी में बैठते हुए मैं कितना घबराया हुआ था।" उसे याद आ रहा था। इसके बाद कितनी तरह की गाड़ियाँ, रेलगाड़ी और हेलीकॉप्टरों में वह सवार हुआ, ठीक से उसे भी याद नहीं है। कभी कूद रहा होता था, कभी आग के बीच से निकलता था तो कभी पानी में तैरता था। हाँ जब पहली बार अपने 'हैंडलर' के साथ पैराशूट पहन कर हेलीकॉप्टर से छलाँग लगाई थी, तब भी इसी तरह का रोमांच हुआ था।" सामने से आ रही गाड़ियों के काफ़िले को देखकर वह उठ खड़ा हुआ। उसके क़दम ख़ुद-ब-ख़ुद मुख्य इमारत की ओर चल दिये। वह दूर तो था मगर इतनी दूर भी नहीं कि जब सही जगह पहुँचना चाहे, तब पहुँच ना पाए। जब तक गाड़ियाँ मुख्य द्वार से प्रवेश कर इमारत के सामने जाकर रुकी, वह भी सही समय पर, सही जगह मौजूद था। चट्टानों के बीच से इमारत की दूरी इतनी भी नहीं थी कि वह पहुँचना चाहे, और पहुँच ना पाए।

उसे लाड़ किया जाना था। उसने अपने हिस्से की शाब्बाशी का इन्तज़ार किया। गाड़ी से उतरते ही उसके सिर पर प्यार से हाथ फेरा जाता था और पीठ थपथपाई जाती थी। उस दिन ऐसा कुछ नहीं हुआ। उसे शाब्बाशी नहीं मिली। गाड़ियों से उतरने वाले लोगों का मूड ठीक नहीं लग रहा था। उसने आगे बढ़कर 'साहेब' के निजी अंगों पर अपनी नाक लगाई। किसी चीज़ को

सूंघकर समझने में अब उसे एक-दो पल ही पर्याप्त रहते हैं। जाँच-पड़ताल में पसीने की गन्ध ने उसे पूरी ख़बर दे दी थी। लग रहा था कि तनाव की सभी सीमाएँ पार हो गयी हैं। बिना बातचीत के सब अपने-अपने कद के अनुसार एक-दूसरे के पीछे चलते हुए इमारत में दाख़िल हो रहे थे। वह भी अपनी ज़िम्मेदारी निभाने के लिए तैयार था। साहेब के कदमों से क़दम मिलाते हुए वह तनाव का कारण जानने के लिए सही जगह पर पहुँच गया था।

बैठक में उसके बैठने का एक स्थान निश्चित रहता है। जैसे ही उसने क़दम अपनी कुर्सी की ओर बढ़ाए, उसे एक तनाव-सा महसूस हुआ, उसने अपने क़दम रोक लिए।

तीन

'मरने वाला अपनी सम्पत्ति का हिस्सेदार नहीं होता। वह कुछ वर्षों के लिए दीवार पर तस्वीर टाँगने जितने स्थान का वारिस हो सकता है, बस। इतना स्थान भी यदि परिवार चाहे, तब मिलता है।' बदलते घटनाक्रम को देखते हुए वह इन्सानी व्यवहार को समझने की कोशिश कर रहा था।

'कुछ लोग पूर्वजों के साथ अपने पालतू को भी यादों में स्थान देते हैं।' दीवार पर अपने किसी अलग नस्ल के पूर्वज को फ्रेम में क़ैद देखकर उसने सोचा।

'कितनी जल्दी सब कुछ इतिहास हो जाता है। कल तक जो जीवन बाहें फैलाए, गले लगा लेने को तैयार रहता था, हालात बदलते ही सब कुछ बदल गया। पहले जैसा कुछ भी नहीं बचा। हालात बहुत जल्दी बदल जाते हैं।' उसने सोचा।

पहला अनुभव सबको याद रहता है। उसे भी अपना पहला घर, और पहली बार मिले मम्मी-पापा आजतक याद है। वैसे बात यह है कि तमाम तरह के बदलाव के बावजूद उसने कभी चाहा भी नहीं कि अपने नये जीवन की शुरुआत को वह भूल जाये। यह परवरिश का ही असर है कि उसका व्यवहार इन्सानों जैसा अधिक है। इसीलिए चाहे या ना-चाहे इसके बावजूद वह भी इन्सानों की तरह हर बात की तुलना 'पहले अनुभव' से ही करता है।

गत्ते के छोटे-से डिब्बे से बाहर निकलकर जिस घर में उसने पहला क़दम रखा था, वही उसका पहला घर था। 'पापा' उसे घर लेकर आए थे। वहीं, उसी घर में उसने सिटडाउन, स्टेंडअप और शेकहैंड करना सीखा था। यह सब ऐसे मैनर्स हैं जो आमतौर पर लोग अपने पालतू कुत्तों को सबसे पहले

सिखाते हैं। उसके हम उम्र पिल्लों को सिर्फ़ इतना ही आता था जबकि उसे 'रोल' करना और 'सेल्युट' करना भी सिखा दिया गया था। इसका मतलब हुआ कि ख़ास क़िस्म की परवरिश ने शुरुआत से ही उसको ज़्यादा स्मार्ट बना दिया था।

इन दिनों वह जितना अपने बीते हुए जीवन के बारे में सोचता है, उसे यक़ीन होने लगा है कि उसका पहला और असली परिवार फौजी ही था। पहाड़ों के बाद एक ही घर को वह अपना घर मानता है। उसका पहला और आख़िरी घर वही था जहाँ एक समय उसने परिवार जैसा महसूस किया था। पहाड़ों से चल कर वह मैदानी इलाक़े में पहुँच गया था। यहाँ उसे जो 'घर' मिला, जिस परिवार ने उसे गोद लिया था, वहाँ अलग तरह का अनुशासन रहता था। इतनी तरह के अनुभवों के बाद वह जानता है कि फ़ौजी, अपने आसपास का माहौल अपने मुताबिक बनाना जानते हैं। उन्हें अनुशासन बनाए रखना आता है। अपनी पत्नी और बच्चों को बिना यूनीफ़ॉर्म पहनाए और बिना तनख़्वाह दिये, वह फ़ौजियों की तरह व्यवहार करना सिखा देते हैं। जब इन्सानों के पास इनसे बचने का कोई उपाय नहीं है तब उसकी क्या औकात थी। वैसे भी उसका व्यवहार और आचरण देखकर पीढ़ियों से चली आ रही परम्परा निभाने की ज़िम्मेदारी उसके नन्हे-मुन्ने कन्धों पर आ कर टिक गयी थी। घर में सबका, ख़ास तौर पर मम्मी-पापा का कहना था कि 'परिवार' का अगला फ़ौजी, 'बन्धू' ही होगा।

इन बातों से अलग वह जानता है कि उसे जितना प्यार मिला, जितनी डाँट-डपट मिली, और जीवन को समझने की जो नींव पड़ी थी, सब इसी घर से शुरू हुआ था। हालात से हार ना मानने की ज़िद्द भी उसको अपने इसी परिवार से मिली थी। 'मम्मी' से पिटाई भी खाई और जितने 'मैनर्स' सीखे, उनकी शुरुआत उसी समय से हो गयी थी। शेष जीवन, सीखी हुई बातों पर अमल करने में बीत रहा है। देर तक एक जगह बैठे-बैठे उसे प्यास लग आयी थी। इस बार उसने जीभ बाहर निकाल कर चारों ओर देखा।

"पानी पीने के लिए वापस जाना ही पड़ेगा, जबकि अभी कुछ देर और, मैं यहीं बैठना चाहता हूँ।" अधिक सोच-विचार ना करते हुए उसने कुछ देर

और बिना पानी पीये, वहीं रुके रहने का मन बना लिया। इस निर्णय के बाद वह फिर से अपने आप में लौट आया।

उसका अपना आकार-प्रकार इतना-सा था कि वह चाहे, तब भी अपना ध्यान ना रख सके। दो सीढ़ियाँ चढ़ना भी उसके लिए कठिन परिश्रम होता था। ऐसी स्थिति में वह अकेला नहीं था। घर में एक और प्राणी भी था जो उसी की तरह हर काम के लिए दूसरों पर आश्रित था।

गृह प्रवेश के बाद उसकी मुलाक़ात एक लोथड़े जैसी किसी चीज़ से हुई थी। उस अजीब-सी चीज़ में साँसें चल रही थीं और कभी-कभार उसमें से अंअंअंअं...और उंउंउंउं...जैसी आवाज़ आती थी। कभी वह चुपचाप पड़ा सोया रहता तो कभी देर तक रोता रहता था। धीरे-धीरे उसमें हरकत शुरू हुई। वह अपने हाथ-पैर हिलाने लगा, कभी गंगंगंगंगं...की आवाज़ निकालता तो कभी ऊवांग...ऊवांग...जैसा कुछ बोलता था। वह चुपचाप यह सब देखता रहता था। धीरे-धीरे उसकी हरकतें और आवाज़ें बढ़ने लगीं और कुछ ही समय में दोनों के बीच दोस्ती हो गयी। यही वह घर था जिसे कुछ झिझक के बाद उसने 'अपना' लिया था या कहे कि घर ने उसको स्वीकार लिया था, तब सही रहेगा।

एक बात वह कैसे भूल सकता है कि इसी परिवार से उसे अपना नाम मिला था। यह नाम उसे पापा ने दिया था। उन्हें शेरू नाम पसन्द नहीं आया था। उनका मानना था कि किसी ओर का नाम चुराने की ज़रूरत क्या है? मुझे पता लगा था कि पापा बहुत मिलनसार थे। उनके लिए दोस्त सबसे ज़्यादा महत्त्वपूर्ण हुआ करते थे। यह भी बताया गया था कि इसीलिए पापा ने मेरा नाम बन्धु रखा था। वह सोचते थे कि मैं और भाई, जीवनभर दोस्त बने रहेंगे।

माँ के गायब होने के बाद से एक अजब-सा डर उसके भीतर पैठ गया था। भाई-बहनों के बिछोह ने रही-सही कसर भी पूरी कर दी थी। मन में कहीं भीतर तक अलग सी असुरक्षा रहने लगी थी। मम्मी-पापा ने ख़ूब ला-प्यार से उसके मन में प्रेम और भरोसा जगाया था। उसे लगने लगा था कि 'मैं भी इसी परिवार का हिस्सा हूँ।' वह कहाँ जानता था कि 'परिवार' का मतलब सबका एक जैसा होना ज़रूरी होता है। वहाँ रहने वाले सब दो-पाया के बीच, वही अकेला चोपाया था।

मम्मी-पापा कहा करते थे, "हमारे दोनों बच्चों की उम्र सेम-सेम है।" कुछ ही दिनों में उसे अहसास हुआ कि उसमें, और उसके हम उम्र में कोई तो फ़र्क़ है। जिस उम्र में वह ख़ूब भागदौड कर लेता है, उसी उम्र में उसका हम उम्र 'भाई' जहाँ होता है, वहीं पड़ा रहता है। सू-सू और पॉटी करने के लिए उसको घर से बाहर जाने की ट्रेनिंग मिल गयी थी जबकि उसके भाई के साथ ऐसा नहीं था। उसे इन सब कार्यों के लिए मम्मी की ज़रूरत होती थी या वह अपनी जगह पड़े-पड़े, अपने कपड़े गन्दे कर लेता था। ग़लती करने पर उसकी पिटाई होती थी। कितनी ही बार उसको सज़ा देने के लिए घर से बाहर, पेड़ से बाँध दिया गया था मगर कपड़े गन्दे करने पर 'भाई' को घर से नहीं निकाला गया। छोटी-सी उम्र से ही वह यह सब समझने लगा था। छोटे-बड़े फ़र्क़ महसूस करने लगा था मगर कहता किससे? और उसकी भाषा समझता भी कौन! कुछ कहना-सुनना होता तब भी वह 'मम्मी-पापा' से बात करने के बारे में तो सोच ही नहीं सकता था। वह दोनों अपने दोनों बच्चों के प्रेम में इतने डूबे हुए थे कि बच्चों से अलग, उन्हें कुछ दिखाई नहीं देता था। वह अपने आसपास घट रहे घटनाक्रम को, परिवार या सड़क पर होते क्रिया-कलाप को चुपचाप देखता था। सबकी बातें समझने की कोशिश करता था। छुटपन से मम्मी-पापा की बातचीत में बार-बार इस्तेमाल होने वाले कुछ शब्द उसे समझ आने लगे थे। उसे लगता है कि घर से जुड़ी कुछ-कुछ बातें भी वह समझने लगा था। अभी उसका सीखने-समझने का समय चल ही रहा था कि एक दिन अचानक उसके जीवन में भूचाल आ गया।

हुआ दरअसल यह कि उसने सामान के साथ एक दिन पापा को घर से जाते हुए देखा। उस दिन के बाद से 'पापा' घर में दिखायी देने बन्द हो गये थे। बस वे कभी-कभार मोबाइल स्क्रीन पर दिखते थे। उससे भी बात करते थे। कुछ ही दिनों में 'मम्मी' ने भी घर से बाहर जाना शुरू कर दिया था। 'भाई' का सामान एक बैग में रखकर मम्मी, उसको भी अपने साथ ले गयी। 'हमारा बेटा' कहने वाले मम्मी-पापा ने उसे घर की छत पर अकेला रहने के लिए छोड़ दिया। उस दिन वह बहुत रोया। पीछे से ना उसने कुछ खाया और ना ही पानी पीया। अकेला रोता रहा...रोता रहा...और...रोता ही रहा। किसी ने उसे चुप नहीं करवाया। कोई उसके पास नहीं आया। वह छत पर अकेला

था। कोई उसके आसपास था ही नहीं जो उसे गले लगा लेता। वह आसमान की ओर मुँह उठाकर रो रहा था। आख़िर वह था तो छोटा-सा बच्चा ही ना। कितनी-सी तो जान थी उसमें! देर तक अकेलेपन के डर से घबराने और रोते रहने के बाद उसे यक़ीन हो गया था कि उसको हमेशा के लिए अकेले रहने के लिए छोड़ दिया गया है। आख़िर में रोते-रोते वह थक कर चुप हो गया। उसके पास और कोई उपाय भी नहीं था। अभी वह कुछ सोचता या समझता कि अचानक उसकी नज़र आसमान की ओर गयी। आकाश में पंख फैलाए बड़े-से पक्षी को देखकर वह डर गया था। घबराहट से उसका पूरा शरीर काँपने लगा। सिर पर मौत को मँडराते देखकर उसकी हालत ख़राब हो गयी थी। कुछ देर तो उसे समझ ही नहीं आया कि अब वह क्या करे। फिर लगा कि क्या आज यह पक्षी उसे उठा ले जायेगा? मौत को सिर पर मँडराते देख उसने जान बचाने की एक आख़िरी कोशिश में अपनी सारी हिम्मत जुटाई और छत पर बने कमरे के एक कोने में जाकर दुबक गया। डर यहाँ भी कम नहीं हो रहा था। अकेलेपन का डर बहुत भयानक होता है। उसे यक़ीन हो गया था कि इस दुनिया में वह एक बार फिर से अकेला हो गया है। यह सोचकर ही वह काँपने लगा। उसने अपनी आँखें बन्द कर लीं। इस समय उसे नींद नहीं आ रही थी पर उसने आँखें नहीं खोलने का निर्णय ले लिया था। डर ने इतना डरा दिया था कि अपनी सारी समझ लगाकर भी वह यह समझ नहीं सका कि आगे क्या किया जाये। हवा की आवाज़ भी डरावनी लग रही थी। जैसे-जैसे समय बीत रहा था, उसकी हिम्मत जवाब देने लगी।

कितनी ही बार उसे माँ का दूध पीते हुए भाई-बहनों के साथ वाले अन्तिम पल याद आये। माँ जिस तरह एक दिन अचानक गायब हो गयी थी, आज उसी तरह बिल्कुल अचानक, उसकी 'मम्मी और भाई' भी गायब हो गये थे। उसे कुछ समझ नहीं रहा था कि आख़िर उसके साथ ऐसा बार-बार क्यों होता है। अपने पैरों को सिकोड़कर उसने अपना चेहरा छिपा लिया। इस बार वह बिना आवाज़ किए सिसक रहा था। डर, घबराहट और रुदन का मिला-जुला असर यह हुआ कि उसका पूरा शरीर जोर-जोर से काँपने लगा।

'बन्धू...बन्धू...' अपने नाम की आवाज़ उसके कानों से टकराई। एक बार को वह ठिठका मगर इस बार उसने आँखें ना खोलने का फैसला कर

लिया था। सुबह से अब तक ना जाने कितनी बार उसने अपने नाम को पुकारे जाने की आस में ख़ुद को बेवकूफ़ बनाया था।

"बस अब और नहीं। जो होगा, देखा जायेगा।" जैसे ही यह निर्णय लिया, उसे एक नर्म हाथ का कोमल स्पर्श महसूस हुआ। उसने आँखें खोलीं, मम्मी उसे पुचकार रही थी। वह रो पड़ा। मम्मी उसे लाड कर रही थी। भावनाओं के अतिरेक में वह उछल रहा था, मम्मी के हाथ चाट रहा था... उसकी छोटी-सी दुम हिल रही थी। उसने मम्मी की गोद में चढ़ने की कोशिश भी की मगर असफल रहा। मम्मी ने उसे उठा लिया। गोदी की सवारी करते हुए वह 'भाई' से मिलने पहुँचा। कितनी ही देर वह बौराया-सा घूमता रहा। उसने पानी पीया, खाना खाया। एक बार फिर उसे अपने ज़िन्दा बचे रहने की उम्मीद बन्ध गयी थी।

अगली सुबह मम्मी ने उसे छत की ओर ले जाना चाहा, मगर उसने बग़ावत कर दी थी। नौकरी वालों के साथ बेवजह के जज़्बात नहीं चलते। मम्मी को जाना था। उन्हें देर हो रही थी। गोद में उठा कर मम्मी ने उसे छत पर छोड़ दिया और सीढ़ियों से नीचे की ओर आने वाला दरवाज़ा बन्द कर दिया। पिछले दिन की तरह उस दिन भी वह 'भाई' को अपने साथ लेकर चली गयी। अकेला पड़ जाने पर वह रोया...रोया...और ख़ूब रोया मगर उसके पास इस तकलीफ़देह स्थिति से बाहर निकलने का कोई रास्ता नहीं था। आख़िरकार चुप हो जाना ही एकमात्र उपाय था। अभी वह कुछ समझता कि पिछले दिन वाला बड़ा पक्षी उसे याद आ गया। आसमान से आने वाली मौत से बचने का लिए वह कमरे में जाकर छुप गया। शाम होने पर मम्मी और भाई लौट आये। उसे लगने लगा था कि अब यही दिनचर्या, उसका पूरा जीवन होने वाली है। यह जानते हुए भी उसने अपनी नापसन्द दर्ज करवाना बन्द नहीं किया। हर दिन मम्मी का ख़ुद तैयार होना, भाई को तैयार करना, टिफ़िन बनाना, बन्धू के खाने का प्रबन्ध करना और उसे छत पर छोड़ने जाना। हर रोज़ उसका छत पर ना जाने की जिद्द करना...और अन्त में दिन भर के लिए उसका अकेले रह जाना। अधिकांश समय वह कमरे में दुबका रहता था। ऐसा कभी-कभार ही होता था कि वह खुली छत पर खेलने के लिए निकल जाये।

वह सोचा करता था कि, 'पहाड़ पर अपने भाई-बहनों के संग रह लेता, तब क्या बुरा था? ये लोग मुझे यहाँ क्यों लाए हैं? क्या सारा-सारा दिन मुझे अकेले रखने के लिए लाए हैं? या जब इन्हें मुझ पर प्यार आये तब पुचकारने के लिए लाए हैं? नौकरों के साथ वॉक पर भेजते हैं तो क्या यह लोग अपने मनोरंजन के लिए मुझे अपने साथ रखते हैं?' उस समय 'स्टेटस सिंबल' वाली बात उसे कहाँ समझ आती थी। वैसे भी 'भारतीय नस्ल' यानी 'इंडीज1 नस्ल' के कुत्तों को गोद लेने का चलन तो इधर कुछ समय से ही बढ़ा है। पहले तो कुत्ता, यानी डॉग पालना हो तो विदेशी नस्ल का कुत्ता ही पाला जायेगा, वाली सोच हुआ करती थी। लेकिन जब सारा परिवार एकसाथ होता, तब उसे ख़ूब प्यार मिलता था। ऐसे में उसके मन में उठने वाले सारे ग़लत विचार दब जाया करते थे। कभी-कभी वह पूरे परिवार के 'बाहर जाने' का कारण जानना चाहता था। वह चाहता था कि उसे बताया जाये कि वह सब कहाँ जाते हैं और मुझे अकेला घर में क्यों छोड़ देते हैं! यदि वह 'भाई' को अपने साथ ले कर जा सकते हैं तो मुझे भी अपने साथ ले जाना चाहिए। इन सब सवालों के जवाब उसके पास नहीं थे। वह अपनी भाव-भंगीमा से अपनी बात समझाने की कोशिश करता था मगर जब तक इन्सान के लिए स्थिति सुविधाजनक रहती है, तब तक ही वह किसी की बात समझता है। जहाँ से असुविधा की सीमा-रेखा शुरू होती है, सबसे पहले वह स्थिति को अनदेखी करता है। इसके बाद अलग-अलग पैंतरे अपनाता है और अन्त में किसी भी स्थिति को नकार देना उसका मनपसन्द हथियार बन जाता है। अपनी बात समझाने के सभी मुमकिन रास्ते उसने अपना लिये थे और उसके 'अपने परिवार' ने बन्धु के मन में उठने वाली बातों को समझने के सब रास्ते बन्द कर दिये थे। पशु-पक्षियों को पालतू बनाना और अपना हुक्म सुनाना, सदियों से इन्सान का प्रिय शग़ल रहा है। कभी-कभी लगता था कि तीन लोगों वाला उसका परिवार भी अपना शगल ही पूरा कर रहा था।

चार

"प्रेम एक सुन्दर अहसास है लेकिन अपेक्षा और उम्मीदें जुड़ने से यह बर्बाद हो जाता है। सच बात यह है कि प्यार मिलने की मानसिकता दुख देती है। सुखी रहना है तो बिना आशा के, प्रेम देना शुरू कर दो। ऐसा करने से जीवन के सारे दुख ख़त्म हो जायेंगे।" ना जाने कौन था जो ज्ञान बाँट रहा था। इससे बड़ा और विचारणीय प्रश्न यह था कि इतने तनाव भरे महौल में प्रेम-प्यार पर ज्ञान प्राप्त करना कौन चाह रहा था! ज्ञान गंगा निरन्तर बहे जा रही थी। इतने मर्म की बातें सुनने भर से उसके मन के सोए हुए तार झनझना उठे और तार तो एक-दो नहीं होते, वीणा के तारों के समान मन के तार भी अनगिनत होते हैं जो अलग-अलग सुर छेड़ते हैं।

"पहली बार घर से निकलने के बाद मैंने इस बात को महसूस किया था। इस भावना को ठीक से समझ नहीं सका था या शायद प्रेम को लेने और देने की ठीक-ठीक समझ पैदा नहीं हुई थी। यही बात रही होगी कि उस समय मुझे, इस भावना को नाम देना नहीं आया होगा। कारण क्या था, यह तो मालूम नहीं है लेकिन बेघर होने पर शुरू हुए सीखने के क्रम में अब तक यही समझ आया था कि प्रेम को 'लेने' की चाह करने के स्थान पर प्रेम 'देना' सीख लेना चाहिए। जिसने यह रहस्य समझ लिया, उसने ख़ुद को तकलीफ़ से बचा लिया।" इस समय आसमान में बादल अठखेलियाँ कर रहे थे। एक बार फिर से बादलों की चादर हटने पर सूरज पूरी तपिश के साथ निकल आया था। उसने मौसम का मिज़ाज़ समझने की कोशिश की मगर मौसम के बदलाव का सटीक आंकलन करना उसे अब तक नहीं आया है। हाँ, एक बात वह पक्की तौर पर जानता है कि कोई भी मौसम स्थायी नहीं होता। इस समय यदि सिर पर

धूप है, तो थोड़ी ही देर में छाया हो जायेगी। इन्सानी फितरत की तरह मौसम भी बदलता रहता है। अभी उसने धूपछाँव का आनन्द लेने का मन बनाया ही था कि उसी समय फ़ार्महाउस के दरवाज़े पर हलचल ने उसका ध्यान खींचा। अभी-अभी लिया निर्णय, उसने तुरन्त बदल दिया।

वह फ़ार्महाउस के दरवाज़े के सामने था। "अच्छा है कि मुझे इन्सानी ज़ुबान नहीं आती। अगर ग़लती से मुझे इन्सानी भाषा बोलती आ जाती, तब ऐसे टेंशन वाले माहौल में मुझे भी कुछ ना कुछ तो बोलना ही पड़ता।" हवाइयाँ उड़ते चेहरों और मन के भीतर उथल-पुथल मचाने वाले सवाल लिए लोग जहाँ-तहाँ बिखरे-से खड़े थे। मन में बहुत कुछ चल रहा था मगर चेहरे से सब सन्तुलित दिखाने का प्रयास कर रहे थे। मौक़े पर मौजूद लोगों की स्क्रीनिंग करते हुए उसने सोचा।

यहाँ भी पहुँच का मामला था। पहुँच वाले लोग बैठक में पहुँच गये थे। कम पहुँच वाले बैठक के बाहर बरामदे में बैंच-कुर्सियों और सोफ़े पर अपनी उपस्थिति दिखाने के लिए डटे हुए थे। शेष धूपछाँव में खड़े-बैठे लोग, सही स्थान तक पहुँचने की तरकीब लगा रहे थे। फ़ार्महाऊस के भीतर पहुँचने का मतलब यही था कि वह महत्त्वपूर्ण हैं मगर उनमें अति महत्त्वपूर्ण होने की ललक बनी हुई थी। जबकि कुछ लोग मौका पाते ही, यहाँ से निकलकर सही जगह पर पहुँच गये थे। जाने वालों के अनुसार कुछ किलोमीटर का फ़ासला तय कर, वह इस समय सही जगह पर थे। सफल होने की पहली शर्त, मौक़े पर मौजूद होना हो गया है। दूसरी ओर पहुँचने वाले, अपनी उपस्थिति को उपलब्धि में बदल लेने की उम्मीद में रहे होंगे।

टेंशन उसे समझ आती है। एक से बढ़कर एक ख़राब हालात और सबसे जटिल परिस्थियों में उसने काम किया है। मौत से पहले की मानसिकता का अन्दाज़ है उसे। मौत के बाद के मंज़र भी उसने देखे हैं। यही बात उसे हैरान कर रही थी कि यहाँ मृत्यु जैसा कुछ भी घटित नहीं हुआ था इसके बावजूद हालात मौत से बदतर क्यों बन गये हैं? फ़ार्महाउस के आसपास से गुज़रने वाली हवा में भी तनाव पसर गया था। कोई, किसी से, कुछ नहीं कह रहा था। सब एक-दूसरे से, उसकी अनकही बातों को समझ लेने का भरोसा दिखा रहे थे।

"यह भरोसा सबसे ख़तरनाक चीज़ होती है।" दरवाज़े से अन्दर-बाहर होते लोगों की बॉडी लेंग्वेज देखते हुए उसने अपने-आप से कहा।

"इस तरह के मौक़े बे-मौक़े पर चुप्पी खींच लेने को ये लोग समझदारी कहते हैं। लोगों की चुप्पी की तरह हवा भी समझदार हो गयी लग रही थी। पेड़-पौधे हिलना-डुलना भूलकर स्तब्ध खड़े थे। हवा थम गयी-सी लग रही थी। घुटन का दबाव इतना बढ़ गया था कि उसे लगा, शायद ऐसे हालात में ही कमज़ोर दिल वालों को दिल का दौरा पड़ता होगा।

तिनसुकिया से आगे लगभग एक पूरे दिन जितनी यात्रा के बाद की घटना उसे याद आ रही थी। वहाँ का तनाव, यहाँ से अलग तरह का था। उस दिन के तनाव भरे माहौल में उसके साथ 'हैंडलर' भी मौजूद था। सूँघकर बम या अन्य प्रकार के विस्फोट का पता लगाना उसकी ज़िम्मेदारी होती थी। कितनी ही बार उसने विस्फोटक के साथ छिपे आतंकवादियों के ठिकाने पता लगा लिये थे। हर छोटी-बड़ी सफलता पर उसे ट्रीट दी जाती थी। वैसे उसके साथ हमेशा कोई ना कोई होता ही था पर जब ख़तरा ज़्यादा लगता था तब उसके साथ 'हैंडलर' नहीं होता था। ऐसे समय में 'हैंडलर' उसको एक फासले से निर्देश देता था। जब-जब ऐसे मौक़े आये, तब-तब वफ़ादारी दिखाने के लिए उसे अकेले आगे भेज दिया गया था। उसे याद आ रहा था कि माइंस का पता लगाने के लिए अक्सर उसने अपने-दम पर अकेले क़दम आगे बढ़ाये थे।

जज साहब अपने विरुद्ध केस की सुनवाई जब स्वंय ही करेंगे, तब थोड़ा-बहुत स्वार्थी हो जाना तो जायज़ है ना। इस पर भी जब पता लगे कि सामने वाली पार्टी के पास ना अपने बचाव के सही साधन है, ना अपने हक़ की सही-सही जानकारी और ना ही अपना वकील है, तब न्यायाधीश साहब को निर्णय देने में हिचकिचाहट भी नहीं होगी। यही कारण है कि इन्सान और कुत्ते के बीच अगर क़ीमत लगाने की बात हो तब बाजी हमेशा इन्सान जीतता है। दरअसल क़ीमत लगाने का अधिकार, इन्सान ने अपने पास सुरक्षित रख लिया है। ऐसे में जिसकी क़ीमत कम है या बिल्कुल नहीं है, कुर्बानी उसे ही देनी होती है।

माइंस का पता लगाने, आतंकियों का पता-ठिकाना ढूँढ़ने जैसे मिशन पर वह और उसके साथी अपने-अपने इलाक़े में अकेले जाया करते थे।

उसका 'हैंडलर' और 'हैंडलर' के साथी, कई बार दूर से उन पर नज़र रखते थे। मिशन पर उसके हाव-भाव और संकेत समझकर हैंडलर के साथ तैनात वर्दियाँ, आगे की कार्रवाई करती थीं। अपनी जान पर खेलकर उसने अनगिनत सफल ऑपरेशन अंजाम तक पहुँचाए थे।

एक ऑपरेशन जब-जब याद आता है, उसे ना जाने क्या होने लगता है। 'हैंडलर' के साथ पैराशूट से उसने पानी के आसपास कहीं लैंड किया था। शायद वहाँ कोई नदी बह रही थी। पानी के आसपास होने का विश्वास वहाँ की ख़ुशबू से, घास के प्रकार और पानी की आवाज़ से पुख़्ता हो गये थे। रात के अँधेरे में वह अपने साथियों के साथ दबे पाँव आगे बढ़ रहा था कि कहीं से गोलियों की बौछार हुई। वह ज़मीन पर लेट गया था। ऐसी स्थिति में क्या करना है इस बात की ट्रेनिंग उसे दी गयी थी। अचानक उसके पंजे गीले होने लगे। बारूद के साथ ख़ून की महक उसके नथुनों में घुलने लगी थी। 'हैंडलर' और उसके साथी, बेसुध इधर-उधर लुढ़के पड़े थे। अपनी ओर आती क़दमों की आहट सुनकर वह धीरे से वापस उसी रास्ते पर लौट आया जिससे अभी-अभी यहाँ तक पहुँचा था। उस दिन 'देसी नस्ल' का होना उसके लिए सबसे बड़ा हथियार बना। हल्के फेफड़ों की बदौलत वह चीते की रफ़्तार से दौड़कर वहाँ पहुँच गया था जहाँ रियर पार्टी वाले साथी छिपे हुए थे।

बन्धु के अकेले लौटने का मतलब सैनिक भाषा में क्या होता है, बचे हुए सैनिक समझ गये थे। ऑपरेशन पर जाने से पहले उसे कोंकराझार जैसा शब्द बार-बार सुनाई दे रहा था। यह ऑपरेशन कितना ख़तरनाक था, इस बात को वह देर में समझा था।

अपने फ़ौजी साथियों के सिग्नल फॉलो करते हुए उसने सैनिक कार्रवाई में साथ दिया था। यही वह ऑपरेशन था जिसमें उसने एक-एक कर अपने साथी सिपाहियों को कम होते हुए देखा था। अपने आख़िरी सात सैनिकों में से भी चार ही बचे थे। वापसी में अपने 'हैंडलर' की देह के साथ वह चुपचाप बैठा क्या-कुछ नहीं सोच रहा था।

अपने दस शव थे और दूसरे पाँच। शवों पर ख़ून जम चुका था। सबकी देह की महक अगल-अलग होते हुए भी एक जैसी लग रही थी। असल में मरने के बाद शरीर का व्यक्तिगत कुछ नहीं रहता। प्रत्येक देह की अपनी जो

अलग तरह की गन्ध होती है, वह भी उसका साथ छोड़ देती है। जमे हुए ख़ून की गन्ध अचानक उसके नथुनों में ताज़ा हो उठी। उसने बैचैनी से इधर-उधर देखा। यहाँ लाशें नहीं थीं। इधर-उधर बिखरे खड़े आदमी उसे लाशों जैसे लग रहे थे। कुछ पल वह यहाँ रुका मगर वापस उसी दुनिया में लौट गया, जहाँ से अभी-अभी आया था।

सभी बॉडीज़ को सलीके से लेटाया गया था। तिरंगे झंडे की छाया में सो रहे सैनिकों पर फूल मालाएँ चढ़ाई जा रही थीं। उन्हें बन्दूकों की सलामी दी जा रही थी। उसे भी अपने 'हैंडलर' के साथ रहने को कुछ समय दिया गया था। उसके आँसू नहीं रुक रहे थे। 'हैंडलर' बहुत प्यारा इन्सान था। उसे बहुत प्यार करता था। दोनों एकसाथ बहुत सारा समय बिताते थे। 'हैंडलर' ने ही उसे ट्रेनिंग दी थी। ट्रेनिंग जान बचाने की, गुत्थी सुलझाने की, अटैक की और ख़तरा भाँपने की। वह ख़तरा भाँपकर ही तो दौड़ पड़ा था। उसे शाब्बाशी दी जा रही थी। अपनी सूझबूझ से उसने रियर पार्टी को समय रहते हमले के लिए सचेत कर दिया था। ऐसा ना होता तब सम्भव था कि पीछे रुके हुए सैनिक भी बाद के हमले में मारे जाते। हमले के सन्देह की सूचना मिलते से ही सब सजग हो गये थे। पुख़्ता तैयारी, जीत सुनिश्चित करती है। परिणामस्वरूप आतंकियों के इक्यूपमेंट्स भी रियर पार्टी के हाथ लग गये थे। भारी नुकसान के बावजूद इसे सफल ऑपरेशन माना गया क्योंकि सभी आतंकी ढेर हो गये थे। उनके गोले-बारूद के साथ पकड़े गये इक्यूपमेंट्स ने उनके अगले ऑपरेशंस की जानकारी दी थी। उस दिन यदि एक भी आतंकी बच गया होता तब इलेक्ट्रॉनिक्स के पकड़े जाने की ख़बर लीक हो सकती थी। यह बड़ी सफलता बनी। आने वाले तीन ऑपरेशंस इसी कार्रवाही के बल पर सफल रहे थे। उसके 'हैंडलर' और वैसे ही कई और सिपाहियों की शहादत से माहौल शोकग्रस्त हो गया था मगर यूनिट में बन्दों की कमी नहीं होने दी गयी थी। जब तक देश में फ़ौजी हैं, एक के गिरते ही, दूसरा सैनिक उसकी जगह लेने के लिए पहुँच जाता है फिर अंजाम चाहे जो हो। जान जाये या बचे।

बन्धु के लिए टेंपरेरी तौर पर एक सिपाही की तैनाती तुरन्त हो गयी थी। उस दिन एक बार फिर से वह प्यार 'लेने' और 'देने' के बारे में सोच रहा

था। 'हैंडलर' ने अपनी ड्यूटी से आगे बढ़कर उसे प्यार किया था। हैंडलर के ना रहने पर उसे प्यार को खो देने की बात समझ आ रही थी। किसी से प्यार करना और उसे अपनी आँखों के सामने दम तोड़ते हुए देखना तकलीफ़देह होता है। इस घटना ने उसे स्तब्ध कर दिया था। ऐसा तो नहीं था कि मौत का तांडव इतने क़रीब से उसने पहली बार देखा था मगर इस बार जिस तरह मौत आई थी, वह दर्दनाक थी। इस समय जैसा वह महसूस कर रहा था, उस दर्द को उसी तरह बताना चाहता था। मगर यह सम्भव नहीं था। यहाँ भी भाषा रोड़ा बन गयी थी। कितने ही दिन तक भूख उससे रूठ गयी थी। ना पानी पीने को मन करता था और ना ही अपनी बैरक में लौटने की इच्छा होती थी। उसके बेड के साथ वाली चारपाई पर टेंपरेरी तौर पर अलॉट किया गया फ़ौजी बन्दा शिफ़्ट हो गया था। नये बन्दे ने भी बन्धु का ख़ूब ध्यान रखा था मगर वह भी उसके हैंडलर की कमी पूरी नहीं कर सका था। बन्धु भावना शून्य हो जाना चाहता था।

ऑपरेशन की सफलता पर बन्धु को पदक से सम्मानित किया गया था। सब ख़ुश थे मगर हैंडलर की ग़ैर-मौजूदगी में वह बिना आत्मा के शरीर जैसा महसूस कर रहा था। उसे फिर से ट्रेनिंग सेंटर भेज दिया गया। उसके लिए नया हैंडलर तैयार था। दोनों के बीच गहरी बॉन्डिंग होना पहली शर्त होती है। ट्रेनिंग सिर्फ़ सिखाने का काम नहीं करती। उसके मामले में ट्रेनिंग का मतलब हैंडलर के साथ बौंड बनाना होता है। उसने सेंटर में कुछ महीनों का समय बिताया। नये हैंडलर के साथ उसकी अंडरस्टेंडिंग बन गयी थी। इस बार उसे डेपुटेशन पर भेजा जाना था। ड्युटी पर वापसी से पहले ही ख़बर मिल गयी थी कि उसके पहले 'हैंडलर' और उसी 'हैंडलर' के साथी सिपाहियों की बदौलत किये ऑपरेशन को 'सफल ऑपरेशन' माना गया था। इस सफलता और सैनिकों की शहादत पर इनाम के तौर पर कम्पनी कमांडर साहब को "शौर्य चक्र" से सम्मानित किया गया है।

"शहादत तो गहना होता है वीरों का। पदक वीरों की पहचान होते हैं। सेना इन पदकों पर ही तो सीना फुलाए रखती है।" सुबेदार साहब की बातें उसके कानों में गूँज रही थीं। वह एक बात समझने में असमर्थ था कि जो सैनिक

ऑपरेशन में भाग लेते हैं, जान जोखिम में डालते हैं मगर शहीद नहीं होते, ऐसे ही कुछ कार्यवाहियों के हिस्से में बड़ी सफलता नहीं आती, तो क्या उनमें शामिल सैनिकों के सिर पर मौत कि साया नहीं मँडरा रहा होता है? उनको पदक क्यों नहीं मिलते? क्या वह बहादुर नहीं होते?

पाँच

"उस दिन सुबह-सुबह घर में अजब-सा माहौल बन गया था। मम्मी ना ख़ुद तैयार हुई और ना ही भाई को तैयार किया। मैं मन ही मन पूरा दिन छत पर अकेला छोड़ दिए जाने के लिए तैयार था लेकिन उस दिन ऐसा कुछ नहीं हुआ। कोई, कहीं नहीं गया। ना ही मुझे छत पर छोड़ा गया, बल्कि उस दिन सुबह-सुबह कुछ लोग घर आ गये थे। फिर कुछ और लोग आये। धीरे-धीरे लोगों से घर भरने लगा। मैंने पहली बार एक साथ इतनी सार वर्दियाँ देखी थीं। मुझे अजीब-सा लग रहा था। शायद घबराहट महसूस हो रही थी।

अचानक बहुत सारे लोग घर में आ गये थे। उनके साथ 'पापा' भी थे। उस दिन ऐसा पहली बार हुआ था कि पापा ने मम्मी को, भाई को या मुझे प्यार नहीं किया। वह सोए रहे। उन्हें मेरे बिस्तर के पास नीचे, ज़मीन पर ही सुला दिया था। मम्मी रो रही थीं। बहुत सारे लोग रो रहे थे। मैं ख़ुद छोटा-सा बच्चा था फिर भी हिम्मत करके पापा के पास गया था। उस दिन सोए हुए पापा में से 'पापा' जैसी ख़ुशबू नहीं आ रह थी। मैंने 'पापा' के मुँह पर प्यार करना चाहा था। उन्हें नींद से उठाना चाहा था पर लोगों ने मुझे रोक दिया...।" उसे बस इतना ही याद आता है कि दो हाथों ने ज़बरदस्ती उसे वहाँ से उठाकर बाथरूम में बन्द कर दिया था।

"मैंने बाथरूम से बाहर आने की बहुत कोशिश की थी। देर तक रोता रहा पर किसी ने मुझे बाहर नहीं निकाला। पहले जब कभी मैंने सिर्फ़ कूंकूंकूंकूं की आवाज़ ही निकाली थी या बहुत दुखी होकर प्याऊं प्याऊं करते हुए रोया था, हर बार मम्मी ने मुझे गले लगा लिया था। बहुत प्यार किया था उन्होंने मुझे। लेकिन उस दिन ऐसा नहीं हुआ। मैंने अपने छोटे-छोटे पंजों से देर तक

बाथरूम का दरवाजा खोलने की कोशिश की थी मगर वहाँ से बाहर निकलना मेरे बस की बात नहीं थी। इसके बाद क्या हुआ, मुझे पता नहीं। हाँ, उसके बाद से 'पापा' कभी नहीं दिखे। मम्मी को भी ख़ुश नहीं देखा। अधिकतर तो वो उदास ही रहती थीं या रोती रहती थीं।" यादों के पन्ने पलटते हुए वह अतीत के गलियारों में दूर तक पहुँच गया था। जितना गहरा वह पुराने दिनों की यादों में खो जाता है, उतना ही उसे वापस वर्तमान में लौटने में समय लगता है। अक्सर वह बीते दिनों की यादों में खो जाने को समाधि लगाना कहता है। उसके मन में बसा यह ज़ख़्म आज भी उतना ही ताज़ा है जितना उस दिन था।

उसे अपने कश्मीर में रहने वाले दिनों की याद आ आयी। कभी-कभी किसी जगह पर रहते हुए बन्दों में तनाव और निराशा थोड़ी ज़्यादा हावी हो जाती है। उसे याद है कि वैली में भी एक बार ऐसा हुआ था। उन दिनों बहुत ठण्ड थी और सूरज की रौशनी कम आ रही थी। कुछ भी नया या अच्छा-सा नहीं हो रहा था। उन दिनों बन्दे उदास-परेशान रहने लगे थे। उसी दौरान अलग-अलग समय पर पोस्ट के दो सैनिकों ने ख़ुद को गोली मारने की कोशिश की थी।

"अपनी जान लेने की कोशिश करना सबसे ख़राब हालात में ही होता होगा।" उसने सोचा। कुछ समय के लिए माहौल अजब-सा हो गया था मगर जल्द ही इसके बारे में सब भूल गये। वहीं पर कुछ सिपाही अक्सर एक-दूसरे से झगड़ते रहते थे। साहब लोगों ने इस सबको सुलझाने की कोशिश की थी लेकिन कोई फ़ायदा नहीं हुआ।

सेना परिस्थितियों के सामने घुटने नहीं टेकती बल्कि यह हर तरह के हालात पर विजय पाने का नाम है। सैनिकों को तनाव से बाहर निकालने के लिए एक लाइफ कोच को बुलाया गया था। उसकी क्लासेज में युनिट के सभी फ़ौज़ियों को भाग लेना था। नतीजतन बन्धु को भी कक्षा में बैठने का मौक़ा मल गया था। तभी से वह ख़ुद में खो जाने को या ख़ुदको प्राप्त कर लेने को लाइफ कोच के कहे अनुसार–'समाधि में जाना' कहता है।

इस बार वह समाधि की चौखट छू कर लौट आया। उसे याद आ रहा था कि उन्हीं दिनों पहली बार उसने 'कीर्ति चक्र' का नाम सुना था। तब कहाँ

जानता था कि अदम्य साहस और देश पर जान कुर्बान करने वाले सैनिकों को इस तरह के गेलेंट्री अवार्ड से सम्मानित किया जाता है।

"पापा तो कभी वापस नहीं आये लेकिन उनकी जगह घर में 'कीर्ति चक्र' आ गया था। सम्मान लाकर मम्मी ने अलमारी में रख दिया था। कीर्ति चक्र मिलने तक तो फिर भी सब ठीक-ठाक था पर असल संघर्ष उसके बाद ही शुरू हुआ।" उसके बाद की घटनाएँ भी किसी फ़िल्म की तरह उसके सामने चल रह थीं।

"सर्दियों में मिले सम्मान के तुरन्त बाद परिवार पर शरीर जला देने वाली गर्मियों जैसी परेशानियों का कहर टूट पड़ा था। पापा के जाने और सम्मान मिलने के बाद 'मम्मी' के जीवन में सब कुछ बदल गया। बदलाव के दौरान भी 'मम्मी' ने 'भाई' को अपने साथ रखा था। मम्मी-पापा हमेशा मुझे अपना बेटा कहते थे। इसके बावजूद मम्मी ने मुझे घर से निकाल दिया।" उसकी तनी हुई गर्दन इस बार ज़मीन पर थी। यह सब याद आते ही इधर-उधर देखते रहने की आदत के उलट चेहरा धरती पर रखकर वह चुपचाप लेट गया।

बीते समय को याद करना यानी बीत गये पलों को फिर से जीना। इसमें जितनी ख़ुशियाँ मिलती हैं, उतने ही दुख भी उठाने होते हैं। बल्कि सही बात तो यह है कि दर्द की उम्र लम्बी होती है। ख़ुशी के पल जब कभी याद आते हैं, तब अच्छा लगता है पर दर्द यदि एक बार आ जाये, तब जल्दी वापस जाता नहीं जाता है। वह अजब-सी कशमकश में था। जीवन भर भागदौड़ में लगा रहा। कभी इतना भी समय नहीं मिला कि फ़ुर्सत में बैठकर हालात के बनने-बिगड़ने में अपने योगदान को समझ पाता। आज जब स्मृतियों के तार जोड़ने लगा है, तब बहुत कुछ याद आ रहा है।

"पापा के जाने के बाद सब कुछ बदल गया था। मम्मी चुप रहने लगी थीं। 'घर छोड़ना' क्या होता है, तब उसे इस शब्द का ठीक-ठीक अर्थ मालूम नहीं था, पर जल्दी ही समझ आ गया। वह भाई के साथ खेल रहा था, तब ही उसने मम्मी को किसी से फ़ोन पर बात करते हुए सुना था। मम्मी कह रह थीं, 'घर खाली करना है।'

घर का सामान हर दिन कम होता जा रहा था। बड़े-बड़े बक्से बढ़ते जा रहे थे। बहुत बाद में उसे पता लगा था कि सामान पैक हो रहा है। इसके बाद

का घटनाक्रम उसे अच्छी तरह याद था पर वह उस सबको दोहराना नहीं चाहता था।

चाह...यह तो वह चीज़ है जिस पर सबका वश नहीं चलता। इन्सानों के बीच रहते-रहते, वह भी भावनात्मक स्तर पर इन्सानों जैसा हो गया है। ना चाहते हुए भी उसको यादों की भभकती हुई भट्‌ट से गुज़रना ही था।

"जिस रस्सी से बाँधकर मुझे घुमाने ले जाया जाता था, उस दिन मम्मी ने वही रस्सी मुझे बाँधी थी। मम्मी ने मुझे बहुत प्यार किया था। वो मुझे अपने साथ कहीं ले कर जा रह थीं। हम एक घर पहुँच गये थे। वहाँ भाई के जैसे छोट बच्चे थे। मैं उनके साथ खेल रहा था। थोड़ी देर बाद जब मुझे मम्मी की याद आयी, तब मम्मी वहाँ नहीं मिलीं। वो वहाँ थी ही नहीं। मम्मी शायद मुझे उस घर में भूल कर चल गयी थी। मैं इन्तज़ार करता रहा पर वो नहीं आयीं। मम्मी को शायद रास्ता पता नहीं था। वो भटक गयी होंगी। मैंने सोच लिया था कि मैं ही मम्मी को ढूँढ़ लूँगा। अगले दिन सुबह-सुबह मैं अपनी मम्मी और भाई को खोजने के लिए नये घर से निकल भागा था। बहुत देर तक मैं सड़क पर चलता रहा। मुझे बार-बार लगता था कि हमारा घर शायद इस ओर है, नहीं-नहीं शायद उस ओर है। मैं रास्ते बदल-बदलकर नये रास्ते पर चलने लगता था। छोटे-छोटे पैरों से उस दिन पहली बार मैं बहुत दूर तक चलता हुआ ना जाने कहाँ पहुँच गया था। कितनी ही दूर चलता रहा...चलता रहा और चलता ही रहा पर मुझे अपनी मंज़िल नहीं मिली। अपना घर तो नहीं मिल रहा था, बल्कि जहाँ मैं पहुँच गया था, वहाँ कोई भी घर ही नहीं था। मुझे प्यास लग रही थी। पानी पीना था मुझे, पर वहाँ मेरे आसपास पानी भी नहीं था। मैं चलता जा रहा था। पता नहीं कहाँ पहुँच गया था। बहुत सारे लोग थे.... कितनी तरह की आवाज़ें थीं...जहाँ मैं पहुँच गया था, ना ही वह जगह नया घर था, और ना ही मैं अपने घर पहुँचा था। अभी मैं डर और घबराहट में कुछ समझने की कोशिश कर ही रहा था कि उसी समय दो लोग मुझे गोद में लेकर फट-फट की आवाज़ करने वाल गाड़ी पर लेकर चल पड़े। जहाँ ले जाकर दोनों आदमियों ने मुझे छोड़ा, मैं यह देखकर हैरान था कि यह तो वही घर है, जहाँ मैं कल से बन्द था। सुबह-सुबह मैं यहीं से तो अपने घर जाने के लिए भागा था। लेकिन दोपहर होने से पहले फिर वहीं पहुँच गया था। मुझे खाना भी

मिला और पानी भी पर मम्मी नहीं मिली।" इतना याद कर उसने आँखें बन्द कर लीं। दर्द को बार-बार जीना, बहुत कष्टदायक होता है।

"मैं रो रहा था। मुझे बस यह पता था कि मुझे मम्मी और भाई के पास जाना है। मैंने रो-रोकर नये परिवार को कितना परेशान किया होगा कि अचानक मुझे साथ लेकर सब लोग गाड़ी में चल पड़े। जब गाड़ी रुकी, मैं अपने घर को पहचान गया था। दौड़कर मैं घर के अन्दर जाना चाहता था लेकिन...वहाँ कोई नहीं था। घर ख़ाली था। मम्मी और भाई वहाँ नहीं थे। बड़े-बड़े बक्से जिन में सामान पैक किया गया था, वह सब भी वहाँ नहीं थे। घर ख़ाली था, एकदम ख़ाली। जिस घर में कल तक मैं अपने परिवार के साथ रह रहा था, आज वहाँ कोई नहीं था। घर ख़ाली पड़ा था। एक ही दिन में मेरे लिए सब कुछ बदल गया था।" वह समाधि से लौट आया था। उसका मुँह आसमान की ओर उठा हुआ था। उसे याद है कि वह घर के बाहर बैठकर उपर मुँह किये, उस दिन वह ऐसे ही रो रहा था। ऐसा उसके साथ दूसरी बार हुआ था। वह एक बार फिर से अनाथ हो गया था। मम्मी उसे अनजान परिवार के पास छोड़कर चल गयी थीं। घर तो उसके पास था मगर वह समझ गया था कि अब वह बेघर हो गया है।

कुछ महनों की उम्र में उसने जीवन को इतना तो जी ही लिया था कि अब उसे किसी पर भी भरोसा नहीं रह गया था। दरअसल किसी और पर भरोसा करना सबसे ख़तरनाक खेल होता है। दूसरे पर विश्वास करना, अपने ख़िलाफ़ साजिश करना होता है। मम्मी-पापा उसे अपना बेटा कहते थे। पापा के जाने के बाद मम्मी ने घर छोड़ दिया। उन्होंने अपने बेटे को किसी के पास नहीं छोड़ा, बस मुझे छोड़कर चल गयी।" उसकी आँखों में आँसू नहीं थे। आँसू दर्द की सीढ़ी पर क़दम रखने के साथ लुढ़कने लगते हैं। हाँ, दर्द के लाल डोरे उसकी आँखों में खिंच गये थे। उसने इस दर्द से मुक्ति पाने के लिए अपना चेहरा दूसरी ओर घुमा लिया। चेहरे की दिशा बदलने से उसके जीवन की दिशा नहीं बदली थी, बदल ही नहीं सकती थी। वह जानता है कि जितना जीवन वह जी चुका है, उस बीत गये समय में बदलाव नहीं किया जा सकता। बदलाव का सपना देखने के लिए उसे आने वाले समय की तस्वीर बदलनी होगी।

छह

समझदारी और भावनाएँ एक-दूसरे के धुर विरोधी तत्त्व हैं। दरअसल इन्सान भावनाओं के पैरों पर चलता है। लेकिन जब उसे व्यावहारिक होकर निर्णय लेना होता है, वह सबसे पहले भावनाओं की बैसाखियों को उतार कर दूर फेंक देता है और इसके बाद समझदारी से निर्णय लेता है। समझदारी उसे सफल बनाती है और फिर वह 'सफल आदमी' जीवन भर अकेला रहने को बाध्य हो जाता है। एक समय बाद जब सफलता का नशा उतरता है, तब वह सारी उम्र ऐसे रिश्तों के पीछे भटकता है जहाँ मन से जुड़ सके। यानी वह लौटता आख़िर में भावनाओं पर ही है।

"पापा के जाने के बाद हम सब अकेले-अकेले हो गये थे, फिर भी सब एकसाथ रह रहे थे। मम्मी और भाई से मेरा गहरा जुड़ाव था। नहीं जानता कि वह सिर्फ़ मेरी भावनाएँ थीं। मैं सोचता था कि हम सब एक-दूसरे से बहुत प्यार करते हैं। मुझे याद नहीं है कि अपने घर के बाहर बैठकर मैं कब तक रोता रहा। ना ही यह याद है कि नये बने दोस्त मुझे वहाँ से वापस कैसे लाए। जो याद है वह यह कि एक-दो दिन बाद एक बड़ी-सी गाड़ी घर के बाहर खड़ी थी। सबके साथ मैं भी गाड़ी में सवार हो गया था। सबने मिलकर मुझे वापस उतारना चाहा था लेकिन मैं टस से मस नहीं हुआ। उस ऊँची गाड़ी में मैं बहुत दूर तक ड्राइव पर गया। पिछली बार जिस तरह मम्मी-पापा और भाई के साथ घूमने गया था ना, बिल्कुल वैसे ही। पापा ऐसे घूमने को छुट्टी पर जाना कहते थे। मैं सोच रहा था कि शायद मैं भी छुट्टी पर ही जा रहा हूँ। हो सकता है कि आगे कहीं मुझे मेरा परिवार मिल जाये, पर ऐसा नहीं हुआ। पूरे रास्ते मुझे कोई नहीं मिला। मैं सोच रहा था कि शायद जिस

गाड़ी में मैं बैठा हूँ, इन लोगों के लिए यह रास्ता नया है इसीलिए इन्हें मेरा घर नहीं मिल रहा। या फिर ये लोग मेरे परिवार को नहीं जानते...पता नहीं सच क्या था। या इन्हें पता ही नहीं रहा होगा कि मैं अपने मम्मी और भाई को ढूँढ़ने निकला हूँ जबकि ये लोग अपने काम से कहीं जा रहे थे। जो भी था, रास्ते में कोई भी पहचानी जगह नहीं मिली। सब नयी-नयी जगहें आ रही थीं, जिन्हें मैंने पहले कभी नहीं देखा था। रास्ता ख़त्म होने पर जो मंज़िल आयी, वह तो एकदम अनजान जगह थी। यह अलग सा घर था, अलग तरह के लोग...दूर-दूर तक खेतों के बीच में बना हुआ घर था वह। इसके बाद की यादें गड्डमड्ड-सी हैं।" दिमाग़ पर बहुत जोर लगाने के बाद भी उसे याद नहीं आता कि जिन बच्चों के साथ वह इस नयी जगह पहुँच गया था, वह कौनसी जगह थी? उसे यहीं छोड़कर उसके साथ आये बच्चे और नया परिवार कहाँ चला गया था?

"मुझे तो यह भी याद नहीं था कि मैं इस खेतों वाले घर में कैसे छूट गया था। इस जगह का रहन-सहन, अब तक बिताए जीवन से अलग था। वहाँ बड़े-बड़े पशु थे। उसकी उम्र का वहाँ कोई नहीं था। हाँ, उसके जैसे दिखने वाले चौपाया वहाँ थे मगर वह बड़े और ऊँचे आकार वाले थे।" वह सुनता आया है कि दिमाग़ पर ज़्यादा जोर डालने से माथे पर लकीरें पड़ जाती हैं। वह सोच रहा था कि लकीरें तो उसके माथे पर भी दिखती होंगी। फ़र्क़ बस इतना ही है कि उसे चिन्ता ना करने की सलाह देने वाला कोई नहीं है यानी उम्र के इस पड़ाव पर परिवार के नाम पर वह अकेला रह गया है।

अपने रिटायर्मेंट के बाद 'रिटायर्मेंट होम' में शायद उसे अपने जैसे कुछ ओर दोस्त मिल जाते मगर वहाँ जाना भी नहीं हो सका। दरअसल साहेब को वह पसन्द आ गया था इसीलिए रिटायर्मेंट से बहुत पहले ही उसका फ़ार्महाउस में आना तय हो गया था।

"सब तरफ़ धूल-मिट्टी थी जिसमें मैं सारा दिन खेलता रहता था। यह सब कुछ शायद कुछ दिन चलता रहा था और जब लगने लगा था कि अब यही मेरा घर है, तब मेरे लिए फिर से नये पते पर जाने का निर्णय हो गया था। मेरे लिए सारे निर्णय कौन ले रहा था, मुझे इसके बारे में कभी पता नहीं लगा।" वह अपने आसपास के सभी ज़िम्मेदार लोगों को याद कर रहा था।

"शायद उन में से ही किसी ने मेरे लिए निर्णय लिये होंगे।" उसने अपने-आप से कहा।

"उस दिन मैं पहली बार भीड़ भरे इलाक़े में था। सब तरफ़ से ऊँची-ऊँची आवाज़ें आ रही थीं। हो-हल्ला इतना कि अपनी ही आवाज़ सुनाई ना दे। हर ओर से बहुत सारे लोगों का आना-जाना लगा हुआ था। भीड़ इतनी कि उसे उलझन-सी होने लगी थी। बहुत सारे पहियों वाली, लम्बी-लम्बी गाड़ियाँ आ रही थीं। सीटियाँ बज रही थीं। चाय और खाने-पीने के सामान की ख़ुशबुएँ सब ओर फैली हुई थीं कि तभी मेरे लिए एक गाड़ी आ गयी। यह एक लम्बी-सी गाड़ी थी। मुझे बताया गया था कि वह रेलगाड़ी है। मैं पहली बार ट्रेन में सफ़र करने वाला था। अनुभव कैसा रहा, अब ठीक से याद नहीं है पर इतना ज़रूर याद है कि मन में घबराहट बहुत थी। समझ नहीं आ रहा था कि मुझे कहाँ ले जाया जा रहा है। पूछना तो बहुत कुछ चाहता था मगर समझ नहीं आ रहा था कि पूछूँ किससे और पूछ भी लूँ तो मेरी बात समझेगा कौन।" उस दिन की बेचैनी याद कर आज भी वह अनमना-सा हो गया।

"एक-दो दिन तक ट्रेन में ही चलते रहना था। रेलगाड़ी के पहली-पहली बार के सफ़र का अनुभव अगल-सा था। फर्श जैसी ज़मीन थी पर पूरी की पूरी ज़मीन एक ही गति से हिल-डुल रही थी। वहाँ सब लोग चल-फिर रहे थे। खाना-पीना और सोना भी कर रहे थे। छुकछुक करती हुई रेलगाड़ी जब भी कहीं रुकती थी, मेरे साथ वाला आदमी मुझे रेलगाड़ी से बाहर घुमाने ले जाता था। अलग-अलग तरह की जगहों पर मैंने अपनी पहचान के निशान छोड़े थे। एक-दो जगह ख़ूब बरसात हो रही थी। इसके बावजूद अपनी यादाश्त के लिए और रास्ते की पहचान करने के लिए मैंने सू-सू ज़रूर किया था। मैं हर जगह अपना इलाका बनाता हुआ आगे बढ़ रहा था। रेल यात्रा ख़त्म होने के बाद साथ वाले आदमी के पीछे-पीछे चलते हुए, मैं बस में सवार हो गया था। इसके बाद तेज़ बहाव वाली नदी में नाव पर सवारी करने का अनुभव भी मेरी यादों में जीवित है। आख़िरकार जहाँ पहुँचा, वहाँ के क़िस्से अब तक मुझे सही-सही याद हैं।" यादों के जहाज को उसने थोड़ा रोका। वह अपने जहाज का बेडा, यहीं डाल देना चाहता था मगर चाहतें कब पूरी होती हैं।

नयी-नयी जगहों को देखते हुए, रेलगाड़ी के डिब्बे में सवारियों के व्यवहार को समझने की कोशिश में मन ही मन वह घबराहट महसूस कर रहा था। इतने बदलावों को झेलते हुए भी उसका चेहरा शान्त दिख रहा था। बैचैनी के बावजूद उसने एक बार भी आपत्ति दर्ज नहीं करवाई।

"पूरे रास्ते मैंने चुप्पी ओढ़े रखी। ना रोया और ना ही भौंका। असल बात तो यह है कि अनजान सफ़र पर जाने में घबराहट तो तब होती है जब पीछे कुछ छूट रहा होता है। इस मामले में मैं ख़ाली हाथ था। मन में ना डर था और ना ही घबराहट। मैं ऐसी भावनाओं से उपर उठ गया था।" उसने स्वंय से संवाद करते हुए कहा।

"आख़िर में मैं जहाँ पहुँच गया था, वहाँ सब लोग वर्दी में थे। मुझे पापा याद आ रहे थे। सबसे पहले मैंने पापा को ही वर्दी में देखा था। उस दिन मुझे सब याद आये। मम्मी और भाई की बहुत याद आई। पापा के जाने का असर सब पर अलग-अलग तरह से हो रहा था। कौन, कितना दुखी है यह नापने का पैमान तो मेरे पास नहीं था लेकिन मेरा दुख सबसे अलग था। पापा के बिना अपने-अपने जीवन में सब अकेले रह गये थे। इसके बावजूद मम्मी और भाई जहाँ भी थे, दोनों एकसाथ थे।" स्मृतियों में बसा जीवन का यह हिस्सा, उसके भीतर हमेशा साँसें लेता रहता है। उसके हिस्से में अकेलापन भी सबसे अलग तरह से आया था। बेघर होने के क्रम में सबसे ऊपर उसका नाम रखा गया था।

"मेरे पास कोई घर नहीं था...मेरा परिवार भी नहीं था।" उसने पलकें झपकीं।

सात

“अपनी कमी को स्वीकारना और उसे गुण में बदलना मुश्किल काम है जबकि दूसरे व्यक्ति में कमी निकालना आसान होता है। अड़ियल घोड़े को चाबुक की नहीं, सही सवार की ज़रूरत होती है। घुड़सवारी के लिए सही घोड़े का चुनाव जितना महत्त्वपूर्ण है, उससे ज़्यादा महत्त्व बेहतर सवार बनने के बाद सवारी करने का है...।” उसके मन-मस्तिष्क में विचारों का मंथन चल रहा था।

“वैसे मैं यह सब क्यों सोच रहा हूँ?” बाहरी दुनिया के बारे में सोच विचार करते-करते अचानक उसका ध्यान अपने-आप पर केन्दित हो गया।

“मुझे आजतक समझ नहीं आया कि इन्सानों में ये अजब-सी बीमारी क्या है? अच्छे-भले अपनी भाषा बोल रहे होते हैं पर जब अपने पालतू से बात करते हैं तब ये अचानक अंग्रेज़ क्यों बन जाते हैं? सिटडाउन, स्टेंडअप, कम, गो, शेकहैंड, स्टे...और भी ना जाने क्या-क्या। ऐसा नहीं है कि अपने बच्चों के साथ भी ये ऐसा ही करते हैं...ना, बिल्कुल नहीं। अपने बच्चों से बात करने के इनके शब्द अलग हैं। बस कुत्तों से बात करते हुए ये अंग्रेज़ बन जाते हैं। इन्हें ऐसा क्यों लगता है कि इन्होंने अंग्रेज़ों से पशुओं को पालतू बनाना सीखा है इसीलिए उन्हीं की भाषा में बोलने पर ही हम इनकी बात समझेंगे। हद तो ये है कि इनको अपनी आज़ादी पर अब तक भरोसा ही नहीं हुआ है। जिन्होंने इन लोगों पर राज किया था, वे जाने से पहले इनके अन्दर अपनी बेहतरी का भरोसा छोड़ गये हैं। कमतरी का भाव लिए इनकी पीढ़ियाँ आज तक उसी भाषा की गुलामी कर रही है। इन्सानी स्वभाव को मैं जितनी गहराई से समझता हूँ, इन्हें जानकर हैरानी होती है।” वह मजबूरी में अपनाई गयी भाषा पर भविष्य

की पहचान लुटा देने वालों के बारे में सोच रहा था। यह विचार अक्सर उसे परेशान करते हैं। ख़ासतौर पर ट्रेनिंग के दौरान उसे सभी निर्देश, विदेशी भाषा में दिए जाते थे। ऑपरेशन की तैयारी करनी हो या मिशन से लौटने के बाद ख़ूबियों/खामियों पर बात करनी हो, सारी बातचीत विदेशी भाषा में होती है।

"इससे बड़ी बात कि राजा-महाराजाओं की पुरानी तस्वीरों में शिकार के साथ उनके कुत्ते भी बैठे दिखते हैं...इतिहास की भूली हुई कौम के वारिस हैं ये बेचारे।" इस निर्णय पर पहुँच कर वह मायूस हो गया। अपने 'हैंडलर' के टूटी-फूटी अंग्रेज़ी बोलने की मजबूरी को समझने की कोशिश में उसे निराशा ही हाथ लगी। अपनी सोच-विचार की प्रक्रिया में वह कुछ देर और रुके रहना चाहता था मगर ऐसा हो नहीं सका। उसे अपने आसपास घट रहे घटनाक्रम पर नज़र रखनी थी इसीलिए वह तुरन्त उठ खड़ा हुआ।

मिट्टी जैसे रंग के जूतों, वैसी ही दिखने वाली शर्ट और खाकी-सी पैंट में वहाँ बहुत सारे आदमी थे। कोई घास काट रहा था, कोई झाड़ू लगा रहा था तो कोई पेड़-पौधों की साज-सम्हाल कर रहा था। नये माहौल में वह इस तरह घुलमिल कर एकसार हो जाना चाहता था जिससे उसको अलग से पहचाना ना जा सके। वह मिट्टी और पौधों में उनके जैसा हो जाना चाहता था जिससे इतने सारे लोगों के लिए अजूबा बनने से बच सके मगर नयी जगह और नये माहौल में ऐसा हो नहीं सकता था।

इन्सानी भीड़ में बाहर से आया नया इन्सान भी अलग से पहचाना जाता है जबकि वह तो इन सबसे अलग दिखने वाला प्राणी था। सबकी नज़रें उस पर थीं। उम्र के उस दौर में उसका आकार-प्रकार इतना-सा था कि वह सर उठाकर उपर देखने के बावजूद ऊँचाई में इन्सानों के घुटनों तक भी नहीं पहुँचता था। इस भीड़ भरी दुनिया को देखने के लिए वह सर उठाकर काम चलाता था। उसके आसपास हर समय लोगों की भीड़ रहती थी। वह नहीं जानता था कि अजब-से अनुशासन वाली इस दुनिया में उसका क्या रोल होने वाला है। लगभग सभी बारी-बारी उससे मिलने आये थे। सबने उसकी पीठ थपथपाई थी या उसको पुचकारा था। एक के बाद एक इतने हाथों का स्पर्श... अभी उसकी उम्र का शायद पहला साल भी पूरा नहीं हुआ था इसके बावजूद यादाश्त में इतना डेटा सेव हो गया था कि अपने दिमाग़ की हार्ड डिस्क में

यह सब सम्हालने में उसको मेहनत करनी पड़ रही थी। हाँ इतने सारे लोग आ-आकर उससे मिल रहे थे, इस बात ने उसे अपने महत्त्वपूर्ण होने का अहसास करवा दिया था।

"उस दिन पहली बार ऐसा लगा था कि दोपहर बाद अचानक रात हो गयी है। वहाँ की हवाओं में मुझे अलग-सी महक आ रही थी। जिस अनजान जगह से मेरी यात्रा शुरू हुई थी, वहाँ से यहाँ तक पहुँचने में बहुत कुछ बदल गया था। बदलाव इतना कि सब कुछ बार-बार बदला और लगातार बदलता रहा। हर बार मुझे नये माहौल से अजनबीपन की महक आती थी लेकिन इस बार सब कुछ बहुत अलग लग रहा था। हवा, पानी, मौसम और मेरे आसपास का माहौल, हर चीज़ बदल गयी थी। इससे पहले तक मैं पारिवारिक माहौल में रहता आया था। यह पहली बार था कि लम्बे से कमरे में एक के बाद एक बिछी चारपाईयों में मेरे लिए भी एक चारपाई बिछा दी गयी थी।" सबको अपना पहले-पहल का हर नया अनुभव याद रहता है। बन्धु के लिए तो यह एकदम अलग तरह का जीवन था जो सब कुछ खोकर नये सिरे से शुरू होने जा रहा था। इस नये जीवन की अधिकांश बातें उसकी स्मृतियों में आज तक जीवित हैं।

यहाँ आने के बाद उसे एक नम्बर मिल गया था। सबकी तरह उसका राशन भी अलग से आता था। देखभाल के लिए उसका एक 'हैंडलर' था जो बन्धु को नहलाने, मालिश करने, घुमाने, दौड़ लगवाने और सही व्यवहार सिखाने के लिए ज़िम्मेदार था। अपनी बैरक का नम्बर भी उसने याद कर लिया था। यहीं उसे पता लगा था कि पहली बार किसी नामालूम-सी जगह से जब वह चला था, तब से उसके जन्म और पहचान के काग़ज़ात भी उसके साथ-साथ चल रहे थे। जब उसे पता लगा था कि किसी की सही-सही पहचान के लिए उसके इतिहास की जानकारी होना ज़रूरी होता है, उसे अपने बारे में जानकारी मिलने की कुछ उम्मीद बन्ध गयी थी। इन्सानी काग़ज़ात की तरह उसके काग़ज-पत्रों में भी जन्म स्थान, माता-पिता की नस्ल, गाँव आदि सब दर्ज था। उसे अपने बारे में इससे आगे की जानकारी तो नहीं मिली थी अलबत्ता इन्हीं काग़ज़ात में उसके नाम की नयी पहचान जुड़ गयी थी। वह फ़ौजी बन गया था। बन्धु फ़ौजी नम्बर 2512

आठ

"मैं जासूसी में कितना कामयाब हो सकता हूँ, यह मेरे 'हैंडलर' की समझ पर निर्भर करता था। लोगों के बीच चल रही बातचीत को अब भी मैं ठीक-ठाक समझ लेता हूँ...तब भी समझता ही था। मैं नहीं जानता कि यह गुण पहले से मुझ में था या दिन-रात इन्सानों के साथ रहते हुए मैंने यह मेहनत से सीख लिया था। सच जो भी रहा हो, बस लोगों की बातें समझने का गुण मेरी सबसे बड़ी ताक़त बन गया था।" बन्धु बीते समय से वर्तमान में लौट आया था मगर उसका स्वंय से संवाद जारी था।

"बन्धु की बॉडी लेंग्वेज समझना हैंडलर का काम है। ये अनजान लोगों की बातें भी समझ लेता है सर। हाँ, साइन लेंग्वेज समझने की ट्रेनिंग इसे दी गयी है जिसे ये अच्छे से करता है। हैंडलर के डायरेक्शनस को ये ऑलमोस्ट सही-सही समझ लेता है। और तो और, साइन लेंग्वेज समझने में इसके लिए दूरी का फासला भी परेशानी नहीं बनता। बल्कि कमाल की बात तो ये है कि बन्धु दोनों पार्टीज की साइन लेंग्वेज समझ लेता है।" उसे अपने ड्युटी वाले दिन याद आ रहे थे। शुरू-शुरू में उसके लिए इसी तरह रिपोर्ट भेजी जाती थी।

वह जानता है कि दोनों ओर के संकेत समझना विशेष काबिलियत की बात होती है। इधर वह अपने हैंडलर के संकेत तो समझ ही लेता था, दूसरी ओर अनजान लोगों की बॉडी लेंग्वेज हो या बातचीत, उसे भी वह कुछ हद तक समझ लेता था।

ट्रेनिंग सेंटर के रिकॉर्ड के अनुसार वह अपने आगे-पीछे वाले बैच में से अब तक का सबसे अच्छा 'डॉग' था। उसके सीखने का दायरा विस्तृत था मगर ट्रेनर की काबिलियत तय दायरे में क़ैद थी। परिणामस्वरूप उसके लिए

बार-बार नये ट्रेनर्स आते रहे और इस बार फिर से उसे ट्रेनिंग सेंटर भेज दिया गया था।

अलग-अलग तरह की ट्रेनिंग के साथ उसे अकेले, अपने दम पर आतंकियों को पकड़ने की ट्रेनिंग दी गयी थी। उसके साथ लेब्राडोर और अलसेशियन डॉग्स भी रिक्रूट किये गये थे, जबकि अपनी नस्ल का वह अकेला कुत्ता था। अपनी तरह का अकेला, यानी भूटिया नस्ल का खालिस देसी कुत्ता। लम्बे समय तक वह समझता था कि उसे पहाड़ों से लाया गया है। फ़ौज में भर्ती होने के बाद उसे पता लगा था कि मम्मी-पापा ने उसे उत्तराखण्ड के पहाड़ों से मँगवाया था।

"इन्सान किसी भी हद तक जा सकता है। इनके लिए कोई कोई सीमा तय नहीं है। ये लोग अपने शौक पूरे करने के लिए किसी ओर की जगह भी बदल भी देते हैं।" अपने विस्थापन के बारे में सोचते हुए बन्धु अनमना-सा हो गया।

"मुझे बहुत प्यार करते थे सब लेकिन मैं जानता हूँ कि सबकी जान बचाना मेरा काम था।" विचारों के नाद में बहते हुए इस समय बन्धु जहाँ पहुँच गया था, वह जानता है कि यहाँ से आगे दरिया का वेग तेज़ होने वाला है। वह कुछ देर के लिए रुका। उसने अपने आसपास नज़र घुमाई, सब वैसा ही चल रहा था जैसा कुछ देर पहले था।

"धरती के सबसे समझदार प्राणी तो हम ही हैं। प्रकृति का और पशु-पक्षियों के दाना-पानी का ध्यान रखने की ज़िम्मेदारी भी हमारी ही है ना।" पक्षियों के लिए रखे पानी के बर्तन को भरते हुए फ़ार्महाउस का माली कह रहा था। माली की बात सुनकर उसके साथ खड़े लड़के ने कोई जवाब नहीं दिया मगर बन्धु के मन में चल रहे विचारों के कुछ थम-से गये मेघा, एक बार फिर से जोश के साथ उमड़-घुमड़ आये।

"अपने पालतू जीवों की रक्षा की ज़िम्मेदारी इन पर रहती है। इसके बावजूद यही लोग दूसरे जीव-जन्तुओं का जीवन ख़तरे में डाल देते हैं। ये किसी को नहीं छोड़ते, मेरे साथ भी ऐसा कई बार हुआ था।" वह सोच रहा था। यह सिर्फ़ जान को ख़तरे में डालने की बात नहीं थी, इस मामले में उसके अनुभव अलग-अलग तरह के रहे थे। उसने इन्सानों के साथ जीवन के बेहतरीन पल भी बिताए थे तो सबसे ख़राब अनुभव भी उसको इसी कौम ने

दिये हैं। उसने इन्सान का सबसे अच्छा और सबसे ख़तरनाक चेहरा देख रखा था। चाह कर भी वह उन पलों को भूल नहीं पाया था।

"इन्सान का अपना परिवार होता है। ये अपने लिए सबको पालतू बनाते हैं। जिसको चाहते हैं, उस नस्ल के बच्चे होते हैं। जिसको नहीं चाहते, उनके बच्चे भी नहीं होने देते।" यहाँ तक सोचकर उसकी बहती नदिया थम-सी गयी।

बन्धु की कद-काठी और व्यवहार ऐसा था कि वह साहब लोगों की पसन्द बन गया था। कितनी ही बार उसने मीटिंग्स में भी साहब की कुर्सी के साथ खड़े होकर ड्युटी की थी। ऐसी ही किसी मीटिंग से उसे पता लगा था कि साहब लोगों के निर्णय पर उसके और उसके जैसे अन्य नस्ल के कुत्तों के बच्चे नहीं हुए थे।

"जितने पशु-पक्षी, इन्सानों के साथ रहते हैं, उनका प्रजनन इन्सान अपने हाथ में ले लेता है। मैं ख़ुद भी तो इसका जीता-जागता उदाहरण हूँ। शायद मैं सात, आठ या नौ महीने का था उसी समय...बस उस दिन के बाद से मेरे जीवन में किसी तरह की कमज़ोरी की कोई जगह नहीं रह गयी थी या कहें कि उसी दिन से मैं निडर हो गया, तब भी ठीक रहेगा। ये लोग कुत्तों की बढ़ती जनसंख्या की बात कहकर नसबन्दी कर देते हैं और अपनी जनसंख्या की बात तो इन्हें याद ही नहीं आती।" नाक में उसे कुछ सरसराहट-सी महसूस हुई। शायद कोई चींटी घुसपैठ करने पहुँच गयी थी। उसने जोर से साँस छोड़ी और पंजे से अपनी नाक सहलाने लगा।

"इन्सान की तरह धन-दौलत का लालच हमें नहीं होता। हमें महल बनाने का और आलीशान जीवन बिताने का शौक भी नहीं है। हम प्रकृति के साथ ख़ुश रहते हैं इसीलिए अमीर बनने की कमज़ोरी हमारे आसपास नहीं फटकती। जिस्म की भूख जिसे इन्सान रोटी, कपड़ा और मकान के बाद की ज़रूरत में सबसे उपर रखता है, तो इन लोगों ने मेरे हिस्से में वह सुख भी नहीं आने दिया। वैसे अच्छा ही हुआ नहीं तो मैं भी पता नहीं कहाँ-कहाँ मुँह मारता फिरता...इन लोगों की तरह।" इस विचार के बाद कुछ देर के लिए उसके भीतर उत्पाद मचाती नदी मानो शान्त हो गयी। इन पलों में वह खामोश दिख रहा था मगर असलियत में उसके भीतर विचारों का ज्वारभाटा चल रहा था।

"साला वहशी कहीं का! कितने घटिया होते हैं कुछ लोग।" उसे ना जाने क्यों वह दृश्य याद आ रहा था जो एक दिन अचानक उसके सामने घटित हो गया था।

"उस दिन मैं घूमते हुए अपने बैरक में पहुँचा, एक बन्दा वहाँ पहले से मौजूद था।" उसे याद आया कि बैरक में आमतौर पर ऐसा ही होता था। ड्यूटी के समय जब सब लोग अपने-अपने काम पर होते थे, उस समय कोई ना कोई सिपाही, बैरक में ज़रूर रुका रहता था। ऐसा बन्दा जिसे कोई चोट लग गयी हो और चलने-फिरने में परेशानी हो रही हो, उसको पीछे छोड़ दिया जाता था। बिमारी या बुखार के कारण कभी-कभी एक या दो बन्दे भी आराम करने के लिए पीछे रहते थे। यही बन्दे बैरक की देखभाल और रखवाली के लिए ज़िम्मेदार होते थे।

"उस दिन ऐसा ही एक सिपाही बैरक में अपनी चारपाई पर सोया हुआ था। मैं इधर-उधर घूमते हुए बैरक में पहुँच गया था। कुछ देर बन्दे के पास खड़ा रहा फिर वापस अपने हैंडलर के पास जाने के लिए मुड़ा ही था कि उसी समय बैरक की ओर आते हुए एक बन्दे को देखकर रुक गया। दूर से जो बन्दा तेज़-तेज़ चलता हुआ इधर आ रहा था वह लम्बा, ऊँचा, हट्ठा-कट्ठा सा दिख रहा था। चारपाई पर सोया हुआ सिपाही शायद बीमार था। बाहर से अभी-अभी पहुँचा बन्दा सीधा चारपाई पर सोए बन्दे के पास पहुँच गया। मुझे ऐसा लग रहा था कि अभी-अभी आया बन्दा कुछ करने का मन बना कर ही वहाँ आया था। सोए हुए बन्दे के पास जा कर बाहर से आये बन्दे ने अपनी बेल्ट खोली, पैंट उतारी और सोए हुए बन्दे के साथ ना जाने क्या करना शुरू कर दिया था। बिस्तर में पड़ा फ़ौजी, हल्के-फुल्के से शरीर का मालिक था। शायद वह इस सबसे घबरा गया था। वह चिल्लाया...उसने भागने की कोशिश भी की थी मगर बाहर से आया बन्दा, तगड़े शरीर का मालिक था। उसने सोए हुए बन्दे को थप्पड़ मारे। सट्टाक-सट्टाक की आवाज़ ने मुझे भी चौंका दिया था। असल बात तो यह है कि मैं भी डर गया था।" उसने सारी घटना को क्रमवार याद करते हुए सच्चाई स्वीकारी।

"मैं चुपचाप खड़ा, वह सब कुछ होते हुए देखता रहा। उस पल मैं क्या सोच रहा था, इतने सालों बाद तो यह भी याद नहीं है लेकिन अचानक मैं

दौड़कर एक चारपाई के नीचे छिप गया था। मैं डर गया था। मन ही मन सोच रहा था कि यह बन्दा कहीं ऐसा कुछ ही अब मेरे साथ भी ना करने लगे। इन्सान का क्या है, वो तो किसी के साथ, कुछ भी कर सकता है।" घटना को याद करते हुए उसने अपने-आप से कहा।

"मैं भौंकना चाहता था मगर मेर आवाज़ नहीं निकल रह थी। पतले-दुबले सिपाही के साथ तगड़े बन्दे ने जो करना था, वह किया इसके बाद उसने अपनी पैंट पहनी, बेल्ट लगाई और वहाँ से चला गया। उसने कुछ क़दम बैरक से बाहर बढ़ाए थे मगर वह तुरन्त बैरक में वापस लौट आया। इस बार उसने मेरे सामान में से ऐबोनाइट की छड़ उठाई और उसे कमज़ोर-से बन्दे के माथे पर रखकर कुछ कहा। तगड़े बन्दे की आवाज़ में धमकी जैसा कुछ था।" बन्धु को यह सब याद करते हुए आज भी झुरझुरी-सी आ गयी थी।

"बिस्तर पर पड़ा पतला-दुबला फ़ौजी उठा। उसने पैंट पहनी और लड़खड़ाता हुआ-सा बैरक से बाहर निकल गया। उसे चलने में मुश्किल हो रही थी। शायद कहीं चोट लगी थी या दर्द हो रहा था।" शुरुआती दिनों के क़िस्से उसे इसी तरह याद आते हैं। बाद के दिनों में वह अपने अनुभव के आधार पर पहले की घटनाओं को समझने की कोशिश करता है और हर घटना के साथ अपनी समझ जोड़ता है लेकिन जब यह सब हो रहा था, तब बहुत सारी बातें उसकी समझ के उपर से गुजर जाती थीं। सिपाही जिस दिशा में जा रहा था, बन्धु भी इस पतले-दुबले फ़ौजी के साथ-साथ चल दिया।

"मैं नहीं जानता था कि मुझे क्या करना चाहिए। मुझे तो तब तक यह समझ ही नहीं आया था कि मैंने अभी-अभी क्या देख लिया है। मैं सिर्फ़ यह जानता था कि जो इस बन्दे के साथ हुआ, वह मेरे साथ ना हो जाये। यह भी लग रहा था कि जिस बन्दे के साथ मैं खड़ा हूँ, वह परेशान है। तगड़े सिपाही ने इसके साथ कुछ तो किया है। मैं उस फ़ौजी के साथ चलता हुआ कम्पनी कमांडर साहब के ऑफ़िस तक पहुँच गया था। उस दिन पहली बार मुझे गवाह होने का अर्थ समझ आया था। मैं उस घटना का अकेला गवाह था जिसके बारे में मुझे भी सही-सही जानकारी भी नहीं थी।" बन्धु ने बीते दिनों की यादों से बाहर निकलकर कुछ देर अपने सामने घट रहे घटनाक्रम पर नज़र जमाई। इतनी देर में यहाँ ऐसा कुछ भी नया घटित नहीं हुआ था जो बन्धु

की यादों में बसे उस दिन की घटना से मुक़ाबला कर सके। वह फिर से बीते दिनों में लौट गया।

"जब तगड़े सिपाही को बुलाया गया, मैंने ग़ुस्से में भौंक कर गवाही दी थी। इसके बाद पतले फ़ौजी को शायद हॉस्पिटल ले जाया गया था। 'मेडिकल बोर्ड' का नाम भी मैंने उसी समय पहली बार सुना था। बाद में तगड़े फ़ौजी के नाम के साथ कोर्ट मार्शल जैसी बात भी सुनने में आती थी। कितना कुछ उस समय मुझे समझ ही नहीं आता था। धीरे-धीरे वहीं रहकर मैंने उस जीवन को समझा।" उसने वर्तमान में लौटकर अपने-आप से कहा।

नौ

"ट्रेनिंग ने मुझे परफेक्ट बना दिया था। कम से कम मुझे तो ऐसा ही लगता था। वैसे भी सारा खेल कॉन्फिडेंस का होता है। मुझे ख़ुद पर भरोसा था कि अगर मुझे टार्गेट को काबू में करना है, तो मैं कर सकता हूँ। लेकिन आपके पीछे खड़े लोगों को आप पर भरोसा ना हो, तब वही होता है जो उस दिन हुआ था।" उसे हर वह बात याद थी जो उसके जीवन में बड़ी घटना के तौर पर दर्ज है। इसके साथ वह बातें भी उसे नहीं भूलतीं जिसका गवाह वह पहली-पहली बार बना था। यह भी ऐसा ही एक दिन था जब वह आतंकवादी को पकड़ने के लिए झपटा था। एक ओर से उसने छलाँग लगाई और दूसरी तरफ़ से साहब ने गन फायर कर दिया। यह फायर पीछे से किया गया था। गोली उसको छू कर निकल गयी थी। वह ख़ुद बाल-बाल बचा मगर इसके बाद जो हुआ, वह इससे पहले वहाँ किसी ने, कभी नहीं सोचा होगा। उस दिन को याद करते हुए उत्तेजना के कारण बन्धु के सारे शरीर के रौंए आज भी खड़े हो जाते हैं।

"साहब जी के फायर का जो परिणाम हुआ, वह किसी के लिए भी कल्पना से बाहर की बात थी। वैसे परिणाम के तौर पर एक बार तो साहब जी के घर वापस जाने की नौबत आ गयी थी। नौकरी और इज़्ज़त, सब दाँव पर लग गया था।" उस दिन की घटना के बारे में सोचते हुए बन्धु कुछ देर के लिए किसी अलग ही दुनिया में चला गया था।

"बात ये है कि सुरेन्द्र साहब गर्म ख़ून के मालिक थे। जब-जब अपने बन्दों के शहीद होने की ख़बर मिलती थी, साहब जी का ख़ून खौलने लगता था। जब कभी फ़ौजी बन्दों के पत्थरबाजों के हत्थे चढ़ने की ख़बर मिलती थी, साहब जी की सहनशक्ति जवाब दे देती थी। जब बन्दे भीड़ के ज़ुल्म का

शिकार बनते थे, तब साहब का सब्र, सारी सीमाएँ पार कर जाता था। इससे बुरा तब होता था जब उन्हें किसी आतंकवादी को जेल की सुरक्षा में सुविधाओं के साथ रखे जाने की ख़बर मिलती थी। साहब का ख़ून खौल उठता था। बुरा तो सिपाहियों को भी लगता होगा पर फ़ौज में बोलने का अधिकार सिर्फ़ अफ़सरों के पास होता है। साहब जी इस अधिकार का पूरा उपयोग करते थे। वह बोल-बोलकर अपने मन में चल रही सारी बातें कह देते थे।" बन्धु को सुरेन्द्र साहब के साथ बिताने के लिए अपेक्षाकृत कम समय मिला था। इसके बावजूद उस समय की बातें बन्धु की यादों में ताज़ा हैं।

"सालों-साल देश के पैसे पर ऐश करने के बाद आतंकवादी जेल से रिहा हो जाते हैं। पैसा हम टैक्स देने वाले भरते हैं जो इन क़ैदियों की लग्ज़री पर ख़र्च हो जाता है। ऐसे हरामजादों को छोड़ने के लिए सरकारों पर तरह-तरह के दबाव डाले जाते हैं। हम अपनी जान की बाजी लगाकर इन ब्लडी बास्टर्ड को पकड़ते हैं, और क़ानून का फ़ायदा उठाकर ये साले फ्री हो जाते हैं।" सुरेन्द्र साहब अक्सर कहा करते थे। वहाँ मौजूद अधिकांश फ़ौजी, चुपचाप साहब जी की बातों को सुनते थे। कुछ हाँ में हाँ भी मिलाया करते थे।

"उस दिन एक भेड़ वाले की भेड़ें ग़लती से युनिट में घुस आयी थीं। ऐसा दो-चार बार पहले भी ऐसा हो चुका था। गार्ड ड्युटी पर तैनात फ़ौजी बन्दों ने चरवाहे को पहले भी वॉर्निंग दी थी मगर ऐसा बार-बार ऐसा होता रहा। एक दिन चरवाहे को सबक सिखाने के लिए गार्ड पोस्ट ने उसको पकड़कर साहब के सामने पेश कर दिया। साहब के ऑफ़िस में मैं भी था। गड़रिया जो कह रहा था, वह ठीक-ठीक मुझे समझ नहीं आया था। शायद कोड लेंग्वेज रही होगी पर उसके बाद जो हुआ, उस घटना ने मुझे बहुत कुछ समझा दिया था।" इसके बाद मुझे मुखबिर और ख़बरी दोनों शब्दों के अर्थ अलग-अलग समझ आने लगे थे।

"कितनी सारी घटनाओं का गवाह बना मैं। अगर उस दुनिया का हिस्सा नहीं होता तो यह सब जान ही नहीं पाता।" इस बार फिर से फ़ार्महाउस के दरवाज़े पर हलचल देखकर वह समाधि त्याग देने का मन बना ही रहा था कि ऐसा करने से उसने ख़ुद को रोक लिया।

मेन गेट से एक और गाड़ियों का क़ाफ़िला भीतर की ओर दौड़ा चला आ था। इस काफिले को देखकर वह मौका-ए-वारदात पर पहुँचने के लिए चल पड़ा।

"इतनी गाड़ियाँ और इतने लोग इससे पहले यहाँ कभी नहीं आये थे। हाँ, यह भी सही है कि आज के जितनी टेंशन भी आज से पहले कभी नहीं हुई थी।" इस बार गाड़ियों के ब्रेक लगने और किसी एक के उतरकर तीर की तरह सीधा भीतर जाने में सेकेंड्स का समय लगा। स्टाफ बाहर ही रुका रहा जबकि एक आदमी मुस्तैदी से अभी-अभी आये साहब के पीछे लगभग दौड़ते हुए भीतर तक पहुँच गया था। कुछ ही देर में मुस्तैदी से पहुँचा आदमी, बाहर आकर स्टाफ से बातचीत में व्यस्त हो गया। हर नये आने वाले क़ाफ़िले में शामिल लोगों का व्यवहार लगभग एक जैसा था।

"अब मैं यहीं बैठ जाता हूँ।" उसने बार-बार की दौड़भाग से ख़ुद को आराम देने का फ़ैसला कर लिया था। अब तक पहुँचे गाड़ियों के क़ाफ़िलों और लोगों की उपस्थिति से ख़ाली-से रहने वाले फ़ार्महाउस में चहल-पहल हो गयी थी। धीरे-धीरे संख्या बढ़ती जा रही थी और इस समय यहाँ की स्थिति भीड़ जैसी बन गयी थी।

"वैसे इन राजनेताओं से कम दिलचस्प थोड़े ही है मेरा जीवन। इन लोगों की तरह कितने ही तो मेरे भी जन्मदिन ही मना लिए जाते हैं। एक साल में शायद दो-तीन।" गर्व और व्यंग्य के मिले-जुले भाव लिये एक मुस्कराहट उसके चेहरे पर फैल गयी।

"जितने सफल ऑपरेशन किये या जब-जब कोई बड़ी उपलब्धि हासिल की, हर बार उसके लिए केक मँगवाया जाता था। सारे बन्दे जश्न में शामिल होते थे। सब उसकी पीठ थपथपाते, शाब्बाशी देते थे।" सुन्दर दिनों की यादें मरूस्थल की मरीचिका के समान होती हैं। जितना इनके पास जाने की कोशिश करो, यह दूर हो जाती है। बन्धु सुबह से यादों के मरूस्थल में मरीचिका की तलाश के लिए भटक रहा था।

"इसके बाद मेरे जन्मदिन का केक, फ़ौजी बनने की ख़ुशी में नया जीवन मिलने का केक और मेजर साहब की गोली से बचने का केक तो सारी बटालियन ने खाया था।" उस समय माहौल संजीदा था लेकिन ख़ुशी तो ख़ुशी

होती है। मौत तो आनी ही है मगर जो मौत को चकमा देकर वापस लौट आये उसका जश्न तो बनता है। फ़ार्महाउस में बैठा वह केक का स्वाद याद करते हुए अपने जन्मदिनों की संख्या भूल जाने को तैयार था।

उसे कुछ हलचल दिखाई दी। उसने सामने नज़र जमाई, "यहाँ का माहौल अलग ही तरह का है। कपड़े पहनने का सलीक़ा और जूतों की जगह...।" इस बार उसके माथे पर बल पड़ गये थे।

"यहाँ जूते कम लोग पहनते हैं। मुश्किल से कोई इक्का-दुक्का लोग जूते पहनते हैं और जब पहनते हैं तब भी इनके डिजाइन अलग-से रहते हैं। ज़्यादातर तो चप्पलों में ही घूमते रहते हैं। एक-आध लोग तो जूतों की जगह अपने घरों से सैंडल जैसी चीज़ ही पहनकर आ जाते हैं।" अपने सामने इसी तरह के वेशभूषा वाले लोगों की क़दमताल देखकर वह सोच रहा था। एक ही समाज के लोगों की जीवन शैली में इतना फ़र्क़ कैसे हो सकता है? वहाँ का पहनावा, जूते-चप्पलों का चुनाव, खाने-पीने की आदतें...पीने से उसे एक बार फिर वही सब याद आ गया जहाँ हर शुक्रवार की शाम सबको गिनती के दो-दो पैग मिलते थे। कुछ के लिए यह दो पैग पर्याप्त रहते थे। ऐसे बन्दे पैग के बाद खाना खाकर चुपचाप सो जाते थे जबकि कुछ बन्दों का दो पैग के बाद दिमाग़ चलना शुरू होता था। उन्हें यह दो पैग का फ़ार्मूला हमेशा कम ही लगता था। ऐसे वाले बन्दे, एक-दूसरे के हिस्से के पैग हथियाने की तिकड़म में लगे रहते थे। खच्चर वाली युनिट के बन्दे तो खच्चर के राशन से भी रम चुरा लिया करते थे। अभी वह अपने स्मृतिलोक में ही था कि उसके सामने का दृश्य तेज़ी से बदलने लगा। उसे हर हाल में साहेब के पास होना चाहिए था। वह पुराने दिनों को विदा कर वर्तमान में लौट आया।

दस

भेड़ चराने वाले चरवाहे, इलाक़े के क़तरे-क़तरे से वाकिफ़ होते हैं। जिस तरह खेत की मिट्टी में खाद होती है मगर दिखाई नहीं देती, चरवाहे भी उसी तरह समाज के साथ घुलेमिले रहते हैं। यह सुरक्षाबलों के साथ मिलकर खरपतवार के ख़िलाफ़ काम करते हैं। अलग से इनकी पहचान करना मुश्किल होता है इसीलिए यह लोग सेना और पुलिस के लिए मुख़बिरी कर लेते हैं। अधिकतर मामलों में यह सुरक्षाबलों और आतंकवादियों के लिए यानी दोनों पक्षों के लिए मुख़बिरी करते हैं। इधर सेना और पुलिस के लिए भी और उधर आतंकियों के लिए समाचार लाने, ले-जाने का ज़रिया भी यही होते हैं। दोधारी तलवार पर चलते हुए यह इस बात का ध्यान रखते हैं कि एक ही सूचना को दोनों ओर पहुँचाते हुए, उसकी तस्वीर बदल देते हैं। जब तक दोनों सिस्टम के भीतरी लोग इनकी पहचान का राज फाश ना कर दें, अलग से इनको पहचानना मुश्किल रहता है।

"उस दिन भेड़ चराते हुए जो चरवाहा ग़लती से युनिट में घुस आया था, दरअसल वह ग़लती पर नहीं था। वह जानबूझकर ग़लती लगने जैसा काम कर रहा था। नये-नये पोस्टिंग पर आये साहब से परिचय बनाने का उसने यह तरीक़ा निकाला था। असलियत में वह मुख़बिर था।" एक के बाद एक घटे घटनाक्रम को सिलसिलेवार जोड़कर याद करते हुए बन्धु ने अनुमान लगाया।

"मुझे बार-बार लगता था कि वहाँ पर पोस्टेड पहले वाले साहब शायद शहीद हो गये थे।" बन्धु अनुमान लगा रहा था। इस तरह सोचने के लिए उसके पास ठोस कारण भी थे। हुआ यह था कि पहले वाले साहब बहुत सारे काम अधूरे छोड़कर चले गये थे। कितनी भी जल्दीबाजी हो, फ़ौजी अपना

चार्ज ज़रूर दूसरे बन्दे को देकर जाता है लेकिन इस मामले में ऐसा नहीं हुआ था। इसके साथ ही दूसरी बात यह थी कि पहले वाले साहब के नाम का ज़िक्र आते ही सब लोग चुप लगा लेते थे।

"मुझे लगता है कि इन्सान किसी ओर की ग़लती पर चुप रहने वाली क़ौम नहीं है। दूसरों की ग़लतियों को उछालने वाले लोग अगर किसी एक नाम पर चुप हो जाते हैं, तब समझ लेना चाहिए कि मामला कुछ और ही है। ऐसी बातें देखकर लगता है कि इतनी इज़्ज़त कमाने वाले साहब जो अधिकांश काम अधूरे छोड़ गये है, वह ज़रूर शहीद ही हुए होंगे वर्ना फ़ौज अधूरा काम किसी का स्वीकार नहीं करती। वैसे भी घाटी में शहादत, कोई नयी बात नहीं है। हाँ, ऑपरेशन में शहीद नहीं होना, नयी बात हो सकती है।" उसने अपनी सोच को सही मान लिया।

"ख़ैर...पुराने साहब, जाने से पहले नये आये साहब से मुख़बिर और ख़बरी का परिचय नहीं करवा गये थे। कारण जो भी रहा हो, स्थानीय निवासियों के लिए यह तरीक़ा कमाई का एक बड़ा ज़रिया होता है। अपनी कमाई का रास्ता बन्द होते देखकर स्थानीय युवा चुपचाप बैठा नहीं रह सकता था। उसे कोई ना कोई रास्ता तो बनाना ही था। उसने अपना परिचय ख़ुद बढ़ाने की ठानी।" बन्धु घटना से जुड़े सभी तारों को बारी-बारी से जोड़ते हुए आगे बढ़ रहा था। उसे याद आ रहा था कि साहब को उसने ही 'मोस्ट वांटेड' आतंकी के इस ओर से जाने के बारे में बताया था। ख़बर पक्की थी। इस ओर से सारी तैयारियाँ कर ली गयी थीं। उसके भाग निकलने की कोई सूरत नहीं हो सकतीं थी। आतंकी को ज़िन्दा पकड़ने का आदेश, उपरी महक़मे से आया था। सेना का अस्तित्व आदेश पालन पर टिका हुआ है इसीलिए सभी मोर्चों पर तैयारी पूरी थी।

अलसेशियन, लेब्राडोर या डाबरमैन को देखकर लोग चौकन्ने हो जाते हैं। ख़ासतौर पर ऐसे कुत्तों की उपस्थिति से आतंकी ख़तरा भाँप सकते हैं जबकि बन्धु को देखकर ऐसा नहीं होना था इसीलिए इस ऑपरेशन के लिए बन्धु का चुनाव किया गया था।

"मैं पहाड़ी नस्ल का कुत्ता हूँ, यही कारण है कि मेरी मौजूदगी से शक नहीं होना था। बहुत सोच-विचार के बाद साहब ने यह निर्णय लिया था। पहाड़

मेरा, यानी भूटिया नस्ल के कुत्तों का घर है। यहाँ हमारा पाया जाना अचरज की बात नहीं है। इसीलिए उन लोगों ने काले-भूरे रंग के साधारण-से दिखने वाले कुत्ते की उपस्थिति को अनदेखा कर दिया था। जब कोई मिशन पर होता है, उसके लिए छोटी-बड़ी हर बात महत्त्वपूर्ण होती है। उन्हें अपने आसपास की हवाओं पर भी नज़र रखनी चाहिए थी। उन्होंने मुझे देखकर भी अनदेखा कर दिया था। यह लापरवाही उन्हें महँगी पड़ने वाली थी।" घटना से पहले की कार्यवाही को याद करते हुए बन्धु सोच रहा था।

आम-साधारण से दिखने वाले तीन लड़के जैसे अचानक कहीं से प्रकट हो गये थे। उनकी उम्र लगभग बीस-बाइस से लेकर पच्चीस-तीस वर्ष के आसपास रही होगी। पहाड़ी नदी-नालों के बीच से होते हुए वह आगे बढ़ रहे थे। इनमें से एक ने कन्धे पर पिट्ठू बैग लटकाया हुआ था। इस एक निशानदेही पर उसे अलग से पहचाना नहीं जा सकता था। ऐसे पिट्ठू बैग अधिकांश युवाओं की पीठ पर दिख जाते हैं। इसीलिए अगली पहचान जाहिर होने तक इन्तज़ार करने का निर्णय लिया गया। यह इन्तज़ार लम्बा नहीं था। एक मिनट से भी कम समय में पहचान का दूसरा लिंक मैच कर गया। बन्धु ने हैंडलर की ओर देखा, सिग्नल मिलते ही उसने आतंकी पर छलाँग लगा दी।

"अचानक के इस झपट्टे के बाद अगले क़दम के तहत मुझे अपने शिकार का मुँह नोच लेना था जिससे वह बेबस हो जाये। इसी समय आतंकवादी के साथी जो हरकत करते, उतनी ही देर में फ़ौजी अपनी कार्यवाई कर चुके होते।" यह सब याद करते हुए बन्धु का सीना गर्व से फूल जाना चाहिए था। इसके उलट वह बाद के घटनाक्रम के विषय में सोचने लगा।

बन्धु के झपट्टे तक सब कुछ प्लानिंग के अनुसार चल रहा था मगर हर बार वह नहीं होता जो प्लान किया जाता है। जैसे ही आतंकी नाला पार करने के लिए आगे बढ़ा, बन्धु को सिग्नल मिल गया था। सही समय पर कार्यवाई करते हुए उसने टार्गेट पर छलाँग लगा दी। वह हवा में ही था कि एकदम अजूबा घटित हो गया। एक ओर से उसने छलांग लगाई, दूसरी ओर से साहब ने फायर कर दिया। फायर ठीक बन्धु के पीछे से किया गया था। गोली बन्धु की गर्दन के बालों को छूकर निकली थी। उस दिन बन्धु बहुत कम फ़ासले से बच गया था। बहुत सम्भव था कि गोली, उसे बींध देती और वह मारा जाता।

यह सब सेकेंड्स के भीतर हुआ। अपने निशाने पर बन्धु झपटा था मगर उसे यक़ीन है कि उस दिन कोई तो गड़बड़ हुई थी। सही बात क्या थी, वह आज तक सोचता है कि क्या गोली की आवाज़ ने उसका फोकस भटका दिया था या वह और ज़्यादा चौकन्ना हो गया था।

"उस दिन यदि शिकार को ना छुड़वाया गया होता, तब शायद मैं उसकी जान ही ले लेता...।" उस ऑपरेशन के बारे में आज तक बन्धु की यही धारणा है।

यह घटना कितने ही दिनों तक ना सिर्फ़ हवाओं में ज़िन्दा रही बल्कि ऑफ़िस की फाइलों में भी साँसें लेती रही थी। इसके कारण कितने ही दिनों तक ऑफ़िस में सीनियर अधिकारियों के इन्क्वायरी नुमा फ़ोन कॉल्स आते थे। पत्रकारों में भी खोजबीन और पूछताछ की हलचल मची रही थी।

"बड़ी ख़बर यह होने वाली थी कि ऑपरेशन में आतंकवादियों को ज़िन्दा पकड़ लिया गया है। लेकिन उस दिन की हाईलाइट कुछ और ही बन गयी।" बन्धु के लिए यह कभी ना भूलाये जाने वाली घटना बन गयी है। इतने दिनों बाद भी वह इस घटना को याद करते हुए हल्का महसूस नहीं करता है।

"वह ऑपरेशन आतंकियों को ज़िन्दा पकड़ लेने तक सीमित नहीं रह गया था। उस दिन अजूबा हो गया था। गोली चलने के बाद जो हुआ, उसको कौन भूल सकता है। जितने लोग उस दिन मौक़े पर मौजूद थे, उन सबके लिए यह घटना, अचरज की बात बन गयी थी जिसे कभी भूलाया नहीं जा सकता। बाद के समय में जिस किसी को इसके बारे में पता लगता था, वह हैरान हो जाता था। जिस इलाक़े में इस ऑपरेशन को अंजाम दिया गया था, वहाँ आसपास रहने वाले लोग कई दिनों तक अलग-से नशे में रहने लगे थे।" बन्धु को भी नशे-सी हालत का अन्दाज़ उसी समय हुआ था। यह हफ़्ते की दारू के कोटे से होने वाले नशे से अलग क़िस्म का नशा था जो सब पर एकसाथ अपना असर दिखा रहा था।

"दरअसल हुआ यह था कि जैसे ही मैंने आतंकी को पकड़ने के लिए छलाँग लगाई, ना जाने कहाँ से एक हिरन आ गया। हिरन अपने झुण्ड की अगुवाई कर रहा था इसीलिए एकदम अचानक, वह मेरे और आतंकी के बीच में आ गया था। इधर सुरेन्द्र साहब को मेरी काबिलियत पर भरोसा शायद कम

था या कौन जाने कि वह आतंकी को जेल में ज़िन्दा रखने के आइडिया से असहमत रहा करते थे इसीलिए उन्होंने आतंकवादी को जान से मारने के लिए गोली चलाई थी। यह भी सम्भव है कि ऐसे मौक़ों पर इन्सान की समझ पर भावनाएँ भारी पड़ जाती हैं। सच जो भी था, वह तो सिर्फ़ साहब को ही पता था। उन्होंने गोली चलाई थी, उस समय का सबसे बड़ा सच बस यही था।" इस बार बन्धु ने लम्बी साँस छोड़ी। हालंकि विचारों की दौड़भाग इस समय भी समन्दर की लहरों के समान उठा-पटक मचा रही थीं। इस मंथन से बन्धु को स्वंय ही बाहर निकलना था।

"गोली लगते ही हिरन गिर पड़ा। आतंकी इसका फ़ायदा उठाना चाहता था मगर जब तक वह कुछ समझता, मैंने उसको कंट्रोल कर लिया था। मेरे पंजे उसके चेहरे पर थे। जब तक एंबुश से फ़ौजी बाहर निकले, सब ओर एक अलग-सी ख़ुशबू फैलने लगी थी। मिशन पर तैनात फ़ौजियों को भी एक ख़ुशबू अपने आकर्षण में बाँधने लग गयी थी।" बन्धु को आज फिर से उसी ख़ुशबू की याद ताज़ा हो आयी।

"कोई समझ नहीं सका था कि यह मन्त्रमुग्ध कर देने वाली सुगन्ध आ कहाँ से रही है लेकिन मुख़बिर समझ गया था कि क्या हो गया है।" बन्धु को आगे का घटनाक्रम उतना ही याद है, जितनी घटना का गवाह वह रहा था।

"साहब जी आपने तो कस्तूरी हिरन का शिकार कर लिया है।" मुख़बिर ने साहब जी को कहा। उसकी बात सुनकर साहब चौंक गये थे।

"यह शिकार नहीं है। वह ग़लती से मारा गया है।" उन्होंने बिना समय गंवाए कहा। कहने को सुरेन्द्र साहब कह तो गये लेकिन जानते वह भी थे कि लुप्तप्राय जीव को मारना कितना बड़ा अपराध है। उनकी आँखों में चिन्ता के बादल घिर आये थे। वह समझ गये थे कि उनके हाथ से बहुत बड़ा अपराध हो गया है।

"इससे तो अच्छा होता कि इन्सान ही मर जाता। आतंकवादी ना सही, सिविलियन ही मरता पर ये साला हिरन बीच में कहाँ से आ मरा। सिविलियन को आतंकी बताने का काम तो हमारा था। इस हिरन को आतंकवादी कैसे घोषित करें।" एक साहब ने दूसरे साहब से कहा था।

"आतंकी के मरने पर शायद कोई मेडल भी मिल जाता। अब तो लेने के देने पड़ जायेंगे।" साहब लोगों की आपस में खुसर-पुसर शुरू हो गयी थी।

"काले हिरन के क़िस्से को अभी तक लोग भूले नहीं है जबकि उसका सबूत सिर्फ़ मौक़े पर मौजूद लोग थे। यहाँ तो जितनी नाक है, उतने ही सबूत हो जायेंगे।" इस बात पर सबकी सहमति बन गयी थी।

इसी बीच सर्च अभियान शुरू हो गया। हिरन की बॉडी रिकवर कर ली गयी। ख़ुशबुओं को भला कौन बाँध पाया है! जितना इस हादसे को छुपाने की कोशिश की जा रही थी, उतनी ही दूर-दूर तक इसकी ख़बर फैल रही थी। हवाएँ ख़ुशबुओं से महकने लगी थीं। टूरिस्ट इसे किसी फूल की ख़ुशबू समझ सकते थे मगर स्थानीय जानकार जानते थे कि यह किस की नाभी की सुगन्ध है। एक अलग-सी भीनी-भीनी ख़ुशबू फिजां में दिनों, हफ़्तों और महीनों तक घुली रही।

अपनी विचारधारा पर चलते हुए मेजर साहब ने आतंकी को जेल भेजने से पहले मार गिराने का प्लान कर लिया था। कुत्ते की वफ़ादारी पर भरोसा ना करने का निर्णय साहब का था। मेजर साहब किसी क़ीमत पर आतंकी को हाथ से जाने देना नहीं चाहते थे। भागते आतंकवादी पर निशाना साधकर जैसे ही उन्होंने फायर किया, गोली हिरन को लगी। मेजर साहब का निशाना यदि सही टार्गेट पर लगता, तब कितना सही बैठने वाला था, कहा नहीं जा सकता लेकिन जब निशाना चूका, तब अविश्वसनीय घटित हो गया। घाटी की हवाएँ अजब-सी जादूई ख़ुशबू में नहा गयी थीं। जिसे देखो, सब मन्त्रमुग्ध हुए जा रहे थे।

"आतंकवादी को झपटकर मैंने गिरा लिया था और मैं उसका चेहरा नोच रहा था। दुश्मन को बेबस करने का यह तरीक़ा मुझे ट्रेनिंग के दौरान सिखाया गया था। जितनी देर में मैंने अपना करिश्मा दिखाया, एंबुश लगाकर बैठे फौजियों ने बाहर आकर स्थिति को काबू में कर लिया था। इसके बाद मेरी इन्द्रियों ने काम करना शुरू किया। वातावरण अलग तरह से सुगन्धित था। सभी लोग किसी रस में डूबे हुए लग रहे थे। पता लगा कि मेजर साहब के फायर क़े बीच में जो हिरन ग़लती से आ गया था, वह कस्तूरी हिरन था। बन्दूक से निकली गोली, उसकी नाभी में कस्तूरी को जा लगी थी।" कस्तूरी

की महक से वातावरण सुगन्धित हो गया था। इसके बाद ना जाने कितने ही दिनों तक वादी में एक भीनी-सी ख़ुशबू तैरती रही थी। बन्धु को सुनने को मिला था कि कस्तूरी हिरन को मार डालने के आरोप में सुरेन्द्र साहब के ख़िलाफ़ कार्रवाही चल रही थी।

ज़िन्दा पकड़े तीन-तीन आतंकवादियों के बदले साहब को ईनाम या मेडल तो नहीं मिला, उल्टा सुगन्ध उनके पीछे पड़ गयी। साहब जी दिन-रात वादी में तूफ़ान आने की दुआ किया करते थे। बस तूफ़ान ही था जो उनके किये-कराए पर पानी फेर सकता था।

ग्यारह

"दरकते, फिसलते हुए पहाड़ बताते हैं कि जो आज शीर्ष पर हैं, वह कल नीचे होगा।" साहब जी किसी को फ़ोन पर कह रहे थे। दूसरी ओर से इस बात के जवाब में जो कहा गया होगा, मैं उस बात को सुन नहीं सका।

"प्रकृति सबसे बड़ी गुरू है। यह सबक सिखाती रहती है।" साहब जी ने फिर कहा। अपनी बात कह लेने के बाद वह मोबाइल कान पर लगाए हुए दूसरी ओर की बात बड़े ध्यान से सुन रहे थे कि अचानक ठहाका लगा कर हँसने लगे। देर तक हँसते रहने के बाद जिस तरह अचानक हँसने लगे थे, वैसे ही एकाएक ख़ामोश भी हो गये।

दो-चार पल की चुप्पी के बाद उन्होंने कहा, "अभी अपनी बारी शीर्ष पर चढ़ने की है। बोर्ड रिजल्ट आने वाला है। ब्रिगेडियर बनने की उम्मीद तो है ही। तूँ भी फ़ौज में रहता तो एकसाथ आगे बढ़ते। अब दूर बैठकर एक-दूसरे की ख़ुशियों पर ख़ुश हो लेते हैं।" दूसरी ओर की बात सुनाई ना देने के बावजूद मुझे बातचीत का मर्म कुछ-कुछ समझ आ रहा था।

"ठीक है, फ़ौज से तुझे काम पड़े ना पड़े पर फ़ौजियों को तो तुझसे काम पड़ता ही रहेगा। और कुछ नहीं तो ना सही, पोस्टिंग तो करवाएगा ही ना तूँ।" यह कहकर साहब जी ठठाकर हँसने लगे।

"इन्सान अपने भविष्य को लेकर कितने सपने संजोता है। अपनी तरक्की...अपना परिवार...अपने दोस्त...सब कुछ अपना। ऊँची नौकरी, एक बड़ा-सा घर, इमानदार नौकर और वफ़ादार पालतू का सपना देखना तो जैसे इनका जन्मसिद्ध अधिकार है।" इन्सान के क़रीब रहते हुए बन्धु ने जितना इस प्रजाति को समझा, उसी समझ के आधार पर वह आत्मसंवाद कर रहा था।

"इधर अलग-अलग ब्रीड के कुत्ते हैं। तूँ आकर देख लेना। जो पसन्द आये, वही दिलवा देंगे।" फिर वही सिलसिला। उधर से कुछ कहा गया जिसे बन्धु सुन नहीं सका।

"कुछ का रिटायर्मेंट नज़दीक है। जो कुत्ते यहाँ से रिटायर होते हैं, हम भी तो उनके लिए सेफ होम चाहते हैं। आमतौर पर इन्हें रिटायर्मेंट होम भेज दिया जाता है पर तेरे पास रहेगा तो यहाँ हमें भी तसल्ली रहेगी। वैसे भी वेटरन के पास जाना, कुत्ते के लिए भी तो अच्छा है।" यहीं तक की बात सुनना, उसके लिए पर्याप्त था। दोनों ओर की पूरी बातचीत उसकी समझ आ जाती, तब भी वह नयी जानकारी का क्या करता। इससे आगे की बातचीत में उसे रुचि नहीं थी। वह तो 'रिटायर्मेंट' पर ही अटक गया था। 'कुत्ते का रिटायर्मेंट' इस बात को सुनकर जैसे उसको किसी ने गहरी नींद से उठा दिया था। फ़ौज में रहते हुए आये दिन यहाँ से वहाँ आना-जाना रहता है। वह समझता रहा कि यही उसका जीवन है। मगर नहीं, वह जीवन ही क्या जो सीधा-सीधा चलकर मंज़िल पर पहुँच जाये। साहब की बातें सुनकर उसे समझ आया कि उसके लिए रास्ता अभी और लम्बा होने वाला है।

"रास्ते की शुरुआत जिस तरह हुई थी, सफ़र भी तो वैसा ही होना था। बचाव करने वाले लोगों को गड्ढे से चार बच्चे मिले थे। मैं अपने भाई-बहनों को पहचानता था। हम सबको एक साथ रखा गया था। हम चारों उस समय बहुत छोटे थे। गड्ढे में गिरने से मेरी एक बहन को काफी चोटें लग गयी थीं। एक रात वहीं रहने वाले हमारी बिरादरी के बड़े प्राणियों ने मेरी उस चोटिल बहन को मार दिया। शायद उन्होंने मेरी बहन को खा लिया था। अगली सुबह से देखभाल करने वाले लोगों ने छोटे और बड़े जानवरों को अलग-अलग रखने का बन्दोबस्त कर दिया था।" बन्धु अपने जीवन के उन काले पन्नों को पलट रहा था जिनसे आज भी दर्द की स्याही टपक रही थी।

"मेरी उम्र के आठ-दस बच्चे भी हमारे साथ वहाँ रह रहे थे मगर बहन की मौत के बाद पीछे बच गये भाई-बहनों को अन्य सभी से अलग कर दिया था। सबके साथ रहते हुए भी हम तीनों अलग-थलग पड़ गये थे। हमारा विश्वास हिल गया था। उस भीड़ में भी हम तीनों, सबसे अलग रहने लगे थे। सबसे

दूर मगर एक-दूसरे के पास। हर समय एक-दूसरे के साथ रहते थे।" बन्धु ने अपने जीवन का काला अध्याय आज पुन: पढ़ ही लिया।

पहाड़ों की ऊँची-नीची धरती पर रहते हुए समय अपनी गति से आगे बढ़ रहा था। वक़्त बदल रहा था मगर बन्धु और उसके भाई-बहनों के लिए कुछ नहीं बदला। बाड़े में बचाए गये पशु-पक्षियों की संख्या दिनोंदिन बढ़ रही थी। इधर सर्दियों का मौसम आने को था और सबके लिए खाने-पीने की, दवाइयों की कमी होने लगी थी। कभी उन्हें पीने के लिए दूध मिलता, कभी नहीं मिलता था। भूख सताती तब वह रोने लगते थे और पेट भरते ही खेलने में मस्त हो जाते थे। छोटी-सी उम्र में बच्चों में इतनी ही समझ थी और इतनी-सी ही ज़रूरत थी। वही धूल-मिट्टी वाला बाड़ा, इनकी सारी दुनिया थी। धीरे-धीरे सबकी, सबसे दोस्तियाँ होने लग गयी थीं कि एक दिन अचानक उसका जीवन हमेशा-हमेशा के लिए बदल गया।

"मुझे उठाकर एक गत्ते के डिब्बे में बैठा दिया गया। मैं कुछ समझता उससे पहले ही कार्टन को गाड़ी में रख दिया गया और बस, गाड़ी चल पड़ी।" बन्धु ने स्वयं से कहा।

"उस दिन मैं दोस्तों के साथ खेल रहा था। वहीं से उठाकर मुझे कार्टन में बैठा दिया था। आख़िरी बार मैं अपने भाई-बहनों से भी नहीं मिला...बस उस दिन जो बिछड़ा तो फिर उनसे कभी मिलना नहीं हुआ। पहले माँ छूटी, फिर एक बहन और फिर भाई-बहनों से मैं छूट गया।" उसने कुछ देर के लिए आँखें बन्द कर लीं। दूर से देखने वालों को वह सोया हुआ लग सकता था मगर ऐसा नहीं था और तो और वह इस समय समाधी में भी नहीं था।

"कभी ट्रेन में, कभी बस में और अधिकतर फ़ौजी गाड़ियों में इतनी जगहों पर आना-जाना होता रहा पर मजाल कि कोई मेरा अपना मुझे मिलता।" गहन चिन्तन के बाद उसने आँखें खोलीं।

"मुझे यक़ीन है कि अगर वो कहीं मिले तो मैं उन्हें पहचान लूँगा।" उसने अपने भरोसे को डिगने से बचाने के प्रयास में कहा।

"इसका मतलब सिर्फ़ मुझे ही गोद लिया गया था। नहीं तो मेरे भाई-बहन भी कभी, कहीं तो मिल ही जाते। हो सकता है, वो दोनों पहाड़ों में ही कहीं रह गये हों...हमें अपने परिवार से अलग करते हुए इन्सान एक मिनट के लिए नहीं

सोचता। इन्हें लगता है कि हम इनके साथ रहते हुए इनको ही अपना परिवार मान रहे हैं। क्या परिवार एक-दूसरे पर अधिकार नहीं रखता? इन लोगों की तरह मेरा किसी पर कोई अधिकार नहीं है। मुझसे मेरी भाषा में बात करने वाला, मेरे साथ खेलने वाला कोई नहीं है। ऐसे ही सब पैट्स के साथ होता है। ये लोग जब प्यार करते है, तब ख़ूब प्यार करते हैं लेकिन जब चुनाव की बारी आती है, तब सिर्फ़ अपने परिवार को चुनते हैं। छूटने वाली लिस्ट में सबसे उपर पालतू का नाम आता है।" उसका मन ख़राब होने लगा था। ना चाहते हुए भी उसे आज क्या कुछ याद नहीं आ रहा था।

"लम्बा सफ़र तय कर जब मैं पहली बार फ़ौजी युनिट में पहुँचा था, वहाँ शुरू-शुरू में सब कुछ अटपटा-सा लगता था। धीरे-धीरे उस जीवन का आदत होने लगी थी। मेरे लिए ट्रेनिंग का बन्दोबस्त हो गया था।" आमतौर पर लम्बा समय बीतने के बाद बातें, शरीर पर बने टैटू की तरह धुँधली पड़ने लगती हैं जो दिखते तो हैं मगर उतने चटख नहीं होते जितना नये-नये बनवाने के वक़्त दिखा करते थे। बन्धु का मामला इसके उलट है। उसे अपने जीवन की अधिकांश घटनाएँ याद हैं।

ट्रेनिंग का पहले चरण की बातें, पहले-पहल का हैलो, शेकहैंड के बाद पिछले पैरों पर बैठकर अगले हाथों को उपर उठाते हुए अपना चेहरा झुका कर, आँखें बन्द करना सिखाया गया था। प्रोफ़ेशनल भाषा के अनुसार डॉग्स इस तरह 'सॉरी' कहते हैं। वह अलग बात है कि शुरुआत में भी मुझे ज़्यादा सॉरी कहने की ज़रूरत नहीं पड़ती थी और आज भी नहीं पड़ती।" इस बार उसे अपने उपर गर्व जैसा कुछ हुआ। वह सोच रहा था कि उसने सब सीख लिया है, कहाँ जानता था कि सीखने का क्रम अन्तिम साँस तक चलता रह सकता है।

"जय हिंद, सेल्युट, स्टे, वॉक, रन जैसी बातें मैंने बहुत जल्दी सीख ली थीं। असली ट्रेनिंग इसके बाद शुरू हुई। हमला करना, हमले की हालत में ख़ुदको बचाने, अपने 'हैंडलर' को बचाने के तरीक़े भी मुझे सिखाए गये थे। अमरजेंसी में मदद करने के तरीक़े, दूर तक सन्देश पहुँचाने की सीख और सूँघकर निशानदेही करने का गुर सीखने के बाद मुझे लगने लगा था कि मैं बत्तखों के झुण्ड में हँस हो गया हूँ।" बन्धु मुस्कुरा रहा था। इस बार उसके

मन से मुस्कराहट फूट रही थी। मुस्कान के पीछे का सच तब वह कहाँ जानता था कि सीखने की कोई सीमा नहीं होती। अनगिनत गुण हैं जिन्हें वह सारी उम्र सीखता रह सकता है।

इस बार बॉडी लेंग्वेज की बारी आयी। सूँघकर बारूद का पता लगाने, विस्फोटक की जानकारी देने जैसे गुर सीखने के बाद ट्रेनिंग के आख़िर में बॉडी लेंग्वेज की बारी आयी थी। इतना तो वह समझ ही गया था कि यह ट्रेनिंग का सबसे महत्त्वपूर्ण भाग है। बॉडी लेंग्वेज समझना उसके लिए सबसे बड़ी चुनौती साबित हो रहा था। हर व्यक्ति का सुख-दुख मनाने का तरीक़ा अलग होता है। प्रकृति ने गिनती की भावनाएँ बनाई हैं इसके बावजूद इन्सान ने उन्हें व्यक्त करने के अनगिनत तरीक़े इजाद कर लिए हैं। कितने लोग हँसने के मौक़े तलाशते हैं मगर ना जाने कितने ही लोग मुस्कराने से ही चिढ़ते हैं। ग़ुस्सा होने पर अधिकांश लोग चिल्लाने या गालियाँ देने लगते हैं जबकि बहुत सारे लोग देर तक चुप रहकर अपनी भावनाओं को काबू में कर लेते हैं। दुख में सोग मनाने या रोने के लिए भी इन्होंने इतने ही तरीक़े बना रखे हैं। बहुत सारे लोग दहाड़े मार-मारकर अपने घाव सबको दिखाते हैं जबकि कुछ लोग मम्मी की तरह अकेले में चुपचाप रोते हैं। पापा के जाने के बाद मम्मी का अकेले में रोना उसको आज भी याद आता है।

"जो भी है, मैं भी तो इसी प्रकृति की पैदाइश हूँ। हाँ, हमारी नस्ल पर प्रकृति थोड़ी अलग तरह से मेहरबान है। हमें सूँघने की जो ताक़त मिली है, इसका किसी से मुक़ाबला नहीं है। हम इन्सान को सूँघकर उसका मिज़ाज भाँप लेते हैं। ये लोग चेहरे के भाव पर नियन्त्रण बनाए रख सकते हैं पर शरीर का तापमान चुगली कर देता है। इन्सान के गुप्तांग सारी कहानी कह देते हैं। इनके निजी अंगों की गन्ध...।" तभी उसे याद आया कि वह एक-दूसरे की पहचान भी गन्ध से ही करते हैं। यहाँ तक कि अपने इलाक़े की पहचान बनाने के लिए हर चौपाया अपनी गन्ध छोड़ता हुआ चलता है। चौपाया में भी नर अपना इलाक़े निर्धारित करते हैं। एक समय था जब वह भी इस तरह की पहचान गढ़ने की प्रक्रिया में था..." यहाँ तक पहुँचकर उसने अपनी सोच पर लगाम लगाने का प्रयास किया लेकिन आज लग रहा है कि उसके मन की वीणा को किसी माहिर सितार वादक ने उठा लिया है और वह इससे अपने मन

मुताबिक धुनें निकाल रहा है। एक बार फिर वह समाधी की ओर चल पड़ा मगर समाधि-स्थल के द्वार तक पहुँच कर उसके क़दम ठिठक गये। विचारों की आँधियाँ चल रही थीं। यहाँ तक पहुँच कर यादों की गुत्थम-गुत्थी हो गयी। स्निफर डॉग बनने की यात्रा अपनी बात पहले रखना चाहती थी जबकि इन्सानों द्वारा की गयी मेहरबानी, अपना संघर्ष पहले बताना चाह रही थी।

बारह

"सुनने की सीमा होती है। सुनने वाला यदि चुपचाप सुनता रहे तो बोलने वाला, बोलने की सीमा भूलकर भौंकने लगता है।" बन्धु ने अपने-आप से कहा।

"भौंकना उसकी भाषा है मगर इन्सान जब किसी को 'भौंक रहा है' कहता है, तब वह सामने वाले को एक तरह की गाली देता है। वैसे ये लोग कुत्ते-सी स्वामिभक्ती की मिसाल देते हैं मगर हमारी भाषा, इनको गाली लगती है। कितने दोगले हैं ये लोग।" उसने 'साहेब' की फ़ौज को दूर से निहारते हुए अपने-आप से कहा।

आज जैसी गहमा-गहमी उसने यहाँ पहले नहीं देखी थी। पिछले दो साल में 'साहेब' जी से अलग-अलग समय पर उसकी कुछ-कुछ दिनों की मुलाक़ातें रही थीं। ना तब 'साहेब जी' का ऐसा उखड़ा मिज़ाज देखने को मिला था और ना ही पिछले आठ-दस महीनों में, जब से वह यहाँ रहने आया है, तब ऐसा हुआ था। बल्कि सभी नस्ल की उपलब्धता को दरकिनार कर साहेब जी ने अपने साथ रखने के लिए बन्धु का चुनाव किया था। उसकी चीते जैसी शारीरिक बनावट और स्वामिभक्ती साहेब को पसन्द आ गयी थी। फिर बार-बार साहेब का देसी नस्ल के प्रति प्रेम देखते ही बनता था।

"विदेशी ब्रीड के कुत्तों को पालतू बनाने के लिए हम ज़बरदस्ती उनसे बच्चे पैदा करवाएँ और हमारे अपने देसी नस्ल के कुत्तों को, सड़कों पर मरने के लिए छोड़ दें, यह कहाँ का न्याय है? वैसे भी अपने क्लाइमेट में अपनी नस्लें ही कामयाब रहती हैं। हम बन्धु को ही अपने साथ रखेंगे।" साहेब की बात का असर यह हुआ कि बन्धु के रिटायर्मेंट से पहले ही उसके हैंडलर को साहेब का फ़ार्महाउस विजिट करने के लिए भेज दिया गया था। फ़ार्महाउस

पर रहने के हिसाब से और स्टाफ का दोस्ताना व्यवहार देखकर युनिट के साहब लोगों ने बन्धु के रिटायर्मेंट जीवन के अच्छी तरह कटने के यक़ीन के साथ यहाँ भेजने का फ़ैसला लिया था।

"जब तक मैं फ़ौज में था, तब तक मेरे हर जगह आने-जाने का ज़िम्मा, फ़ौज का होता था। मेरा हैंडलर हर जगह मेरे साथ जाता था। वैसे मेरे हैंडलर भी बदलते रहते थे।" अपने हैंडलर्स का बदलना याद करते हुए बन्धु को अजब-सा नोस्टेल्जिया महसूस हुआ। कितने ही बन्दों की निर्देश देती हुई आँखें, ऊँगलियों के संकेत और मुस्कराती हुई नज़रें, उसकी स्मृति में फ़िल्म की रील की तरह चलने लगी थीं।

"पहले 'बडी' को मेरे साथ ख़ूब मेहनत करनी पड़ी थी। उस समय मुझे किसी पर भरोसा भी तो नहीं होता था। विश्वास करना तो बाद की बात थी, दो बार अनाथ होने के बाद तीसरी बार भी मेरा पता बदल दिया गया था। ना वजह पता लगती थी और ना ही कुसूर। हर बार जब जुड़ाव महसूस करता था, उठाकर बाहर फेंक दिया जाता था। उन दिनों मुझे हर एक व्यक्ति अजनबी लगने लगा था। ख़ासतौर पर जो लोग मेरा ज़्यादा ध्यान रखते थे, वही मुझे सबसे ज़्यादा अविश्वसनीय लगते थे।" अपने शुरुआती जीवन को याद करते हुए हर बार वह बैचेन हो जाता है। आज भी वह कमोबेश उसी तरह के मनोभाव से गुज़र रहा था।

"पहले तीन जगहों पर मैं पारिवारिक माहौल में रह रहा था इसीलिए वहाँ का रहन-सहन अलग था। फ़ौजी परिवेश में पैर रखते ही अचानक सब कुछ बदल गया था। उस समय तक मुझे फ़ौज ही समझ नहीं आ रही थी फिर किसी पर भरोसा करना तो दूर की बात थी। सब कुछ नया था मेरे लिए। कितनी तरह के नियम-क़ानून थे। कहाँ जाना है, कहाँ नहीं जाना। कब, कैसे चलना है...कहाँ दौड़कर पहुँचना है, कहाँ धीरे मगर सधे हुए कदमों से चल कर जाना है और भी ना जाने क्या-कुछ सिखाया जा रहा था। शुरू-शुरू में इतनी सारी चीज़ें एकसाथ सिर पर आ पड़ी थीं कि सब गड्ड-मड्ड हो जाता था पर मेरा 'बडी'...लांस नायक हरजिंदर सिंह अपनी ड्यूटी के साथ मुझे भी सम्हालता था।" अपने बडी को याद करते हुए उसके भीतर से मुस्कराहट फूट पड़ी।

"घरों में रहते हुए सब उम्र और आकार के लोग मेरे आसपास होते थे। वहाँ कुछ लोग कद में बहुत ऊँचे थे जिन्हें मैं गर्दन उठाकर देखता था। पापा को देखते हुए मैं चक्कर खाकर गिर जाता था। बादमें उन्हें देखने के लिए मैं ज़मीन पर बैठ जाता था इसके बावजूद उनका चेहरा नहीं देख पाता था। मेरी कोशिशें देखकर पापा मुझे गोद में उठा लेते थे। शायद मैं दो-तीन महीने का ही था उस समय।" बन्धु के लिए मम्मी-पापा के घर से जुड़ी यादें उसका सम्पूर्ण जीवन बन जाती हैं।

बड़ों से सम्पर्क साधने की दिक्कतों के बीच जहाँ-जहाँ वह रहा, उन घरों के बच्चे बन्धु के दोस्त बन जाते थे। वैसे कद की बात है तो बच्चे भी कदकाठी में उससे बड़े ही थे मगर वे साथ खेलने के लिए सही चुनाव होते थे। उनके साथ दौड़ते हुए बन्धु मुश्किल उनके घुटनों तक से ही पहुँचता था।" उसे अपना हर छोटा-बड़ा संघर्ष याद आ रहा था।

"छोटा-सा था मैं उस समय। समझ तो कम थी ही, बचपना भी कूट-कूट कर भरा हुआ था। कितनी उधम मचाता था मैं।" अचानक उसे याद आया कि सेना में पहुँचने के बाद भी किस तरह उसकी हरकतों ने सबकी नाक में दम कर रखा था।

"हैंडलर अपनी पगड़ी धोकर सुखने के लिए तार पर ड़ालता और मैं नये-नये निकले नुकीले दाँतों से 'पग' को खींच-खींचकर फाड़ देता था। कुछ समय तक मेरी इस तरह की हरकतें चलती रही थीं। हैंडलर मुझे प्यार से समझाता था, ग़लती करने पर टोकता था पर मैं आसानी से कहाँ मानने वाला था। उस समय मुझे यह सब करने में मज़ा आता था।" उसे अपनी बचकानी हरकतें याद आ रही थीं और साथ में याद आ रहा था लांस नायक हरजिंदर का प्यार।

"लम्बे समय तक मुझमें बचपना बचा हुआ था। ट्रेनिंग के समय संजीदगी से हर बात सीखने वाला मैं, ख़ाली समय में शरारतें करता हुआ सबकी नाक में दम कर लेता था। फ़ौजियों की जुराबें फाड़ देना, चप्पलें काट देना और तो और, कभी कुछ ना मिले तो तार पर सुखाए कपड़ों को ही उछल-उछल कर फाड़ देता था। बन्दे मुझे प्यार बहुत करते थे इसीलिए मैं किसी की भी चारपाई पर चढ़कर सो जाता था। खाने को मनपसन्द चीज़ मिल जाये तो कहने ही

क्या। अपनी पूँछ पकड़ने के लिए मैं अपने ही गोल-गोल चक्कर लगाता हुआ देर तक घूमता रहता था। बन्दे अपने घर से आई खाने की कोई मीठी चीज़ दे देते थे, तब तो मेरी ख़ुशी का ठिकाना ही नहीं रहता था। मन ख़ुश होने पर मैं मुँह अपने बिस्तर पर रखकर शरीर का पिछला हिस्सा हवा में उठाकर देर तक नाचता था...सब कितना हँसते थे इस हरकत पर। उस समय मेरे लिए छोटी-छोटी ख़ुशियाँ बहुत बड़ी होती थीं। मारे ख़ुशी के, जीभ बाहर निकल आती थी। ट्रेनिंग के बाद भी मुझमें इतनी एनर्जी बची रहती थी कि मैं यहाँ से वहाँ और वहाँ से यहाँ तक ख़ूब दौड़ लगाता था। कितने ही क़िस्से मुझे आजतक ज्यों के त्यों याद हैं।" अपनी शरारतें और शरारतों पर ख़ुश होने वाले लांस नायक हरजिंदर सिंह को याद कर वह मन ही मन मुस्करा दिया।

"उन दिनों मेरे दाँत निकल रहे थे। मसूड़ों की खुजली मिटाने के लिए जो ऊट-पटांग काम शुरू करता था, बाद में वह मज़े की चीज़ बन जाती थी। बैरक में सबके जूतों-चप्पलों और कपड़ों को फाड़ना, मैंने अपना मनपसन्द खेल बना लिया था। जितने कपड़े सूखते मिल जाते थे, सबको तार-तार कर देता था। अतिवाद हमेशा ख़राब होता है। वैसे भी फ़ौज तो अनुशासन के लिए ही जानी जाती है। बड़े से बड़ा बदमाश, फ़ौज में आकर सीधा हो जाता है फिर मैं तो छोटा-सा पिल्ला था। एक दिन स्टिक से वो जमकर पिटाई हुई कि दिन में तारे नज़र आ गये थे। हैंडलर ने बहुत समझाया था मगर बालक बुद्धि को समझाने के लिए बेंत ही काम आयी।" इस बार वह हँस दिया। अपनी हँसी पर उसे थोड़ी हैरानी भी हुई। लम्बे समय के बाद वह मुँह खोलकर और जीभ बाहर निकाल कर हँस रहा था।

"पिटाई के बाद कितने ही दिन मैं सबसे डरा-सहमा घूमता रहा। डर के मारे मेरे कान हर समय कान नीचे रहने लग गये थे। पूँछ तो पिछले दोनों पैरों के बीच में ही दुबक गयी थी। धीरे-धीरे मेरी बदमाशियाँ कम होने लगीं थीं और डाँट-फटकार भी थम गयीं।" अपने बदलाव का क़िस्सा भी उसे ज्यों का त्यों याद है।

"पहला हैंडलर हरजिंदर सिंह कमाल का बन्दा था। वो मुझे बहुत प्यार करता था। मुझे बताया गया था कि वह मेरा 'मास्टर' है मगर वो मुझे कभी

'मास्टर' जैसा लगा नहीं। उससे मेरी ट्रेनिंग की शुरुआत हुई थी। मुझे सबसे ज़्यादा बातें उसी ने सिखायी थीं। जैसे इन्सान अपने बच्चों के लिए कहते हैं, कच्चा घड़ा है, जैसा आकार दो, वैसा ही बन जाता है। मैं भी वैसा ही बनता चला गया जैसा मुझे बनाया गया। मकान मज़बूत नींव पर खड़ा होता है। मैंने जितनी तरह की बातें सीखी, सब हरजिंदर सिंह की सिखाई हुई बातों के बाद ही सीखा। इसके बाद मुझे ट्रेनिंग सेंटर भेज दिया गया था। वहीं पर मुझे मेरा पहला लेसन मिला था। हैंडलर भी तीन बार बदले गये थे। आठ साल की नौकरी में तीन हैंडलर..." उसे अपने सभी हैंडलर के चेहरे और महक याद थी। तीनों में एक बात एकदम एक जैसी थी कि वह बन्धु का बहुत ध्यान रखते थे।

"मैं आजतक अपने किसी मालिक को नहीं भूला, मुझे सब याद हैं। हाँ, किस समय पर कौन ज़्यादा याद आयेगा, यह अलग बात है।" वह अपनी यादाश्त पर गर्व कर रहा था। कहाँ जानता था कि उसके इसी गुण को वफ़ादारी कहा जाता है।

"सारी उम्र हवाओं की तरह दौड़ता रहा। कभी यहाँ तो कभी वहाँ। उम्र का अधिकांश हिस्सा दौड़भाग में ही बीत गया।" वह याद कर रहा था कि युनिट में पहुँचते ही उसे जो सिखाया गया था और अलग-अलग समय पर हैंडलर्स ने जितनी सीख दी थी, वह सब एक सीमा तक सम्भव था। प्रोफ़ेशनल ट्रेनिंग के लिए उसे डॉग ट्रेनिंग सेंटर भेज दिया गया था।

अपनी ट्रेनिंग के बाद वह किसी नये-नये कमीशंड ऑफ़िसर के जैसा महसूस किया करता था। जबकि जानता वह भी था कि डॉग कभी ऑफ़िसर नहीं बनते। हाँ अफ़सरों जैसा रूतबा मिलने लगा था। हैंडलर हर समय उसकी देखभाल के लिए तैनात रहता था। उसे अपनी एक अलग पहचान मिल गयी थी। उसका अपना अलग आर्मी नम्बर था। यानी अब वह साधारण कुत्ता नहीं था। वह पक्का फ़ौजी बन गया था।

आतंकियों के इलाक़े में ऑपरेशन के समय सैनिकों का साथ प्रशिक्षित कुत्ते देते हैं। किसी इलाक़े को सूँघकर वहाँ छिपे लोगों का पता लगाना हो या शिकार तलाशना हो तब भी प्रशिक्षित कुत्तों की ज़रूरत होती है। बन्धु के

प्रदर्शन को देखते हुए ऐसी लिस्ट में उसका नाम शामिल होने लगा था। चुनिंदा बेहतरीन कुत्तों की लिस्ट में उसका नाम आता था। काम इतना था कि बन्धु की व्यस्तताएँ बढ़ गयी थीं। कभी ट्रेनिंग सेंटर, कभी बटालियन, कभी डेपुटेशन पर तो कभी किसी ऑपरेशन पर, यानी अधिकांश समय बन्धु यात्राओं पर रहने लगा था।

तेरह

"पढ़े-लिखे लोगों की पहचान उनके बात करने के अन्दाज़ से हो जाती है। जो जितने बड़े पद पर बैठा है, वह उतनी ही फर्राटेदार अंग्रेज़ी बोलता है इसके उलट, जो लोग ऑफ़िसर नहीं हैं वह हिन्दी या अपनी क्षेत्रीय बोली-भाषा में काम चला लेते हैं। इसके बावजूद सबकी बोलचाल में अंग्रेज़ी के शब्द इस तरह घुलमिले रहते हैं कि यदि उन्हें हिन्दी में बोला जाये तो गाली-सी लगती है।" बन्धु इस समय अपने-आप से वार्तालाप कर रहा था।

"मुझे कोई 'कुत्ता' या 'कुत्ते' कहता है तो समझ आ जाता है कि या तो बोलने वाले का मूड ख़राब है या वह कम पढ़ा-लिखा है। जबकि अनजान व्यक्ति भी यदि डॉग कहता है, तो उसके तमीज़दार होने का यक़ीन हो जाता है। मेरे मन में उसके लिए इज़्ज़त जैसी पैदा हो जाती है।" अपने आसपास के माहौल से उसने अब तक जो समझा था, उसी के अनुसार वह निर्णय लेने का प्रयास कर रहा था।

"अपनी बोलियों और भाषाओं के बावजूद कुछ शब्द अंग्रेज़ी में ही बढ़िया लगते हैं। जब कोई मुझे कुत्ता कहता है तो लगता है कि गाली दे रहा है जबकि डॉग कहते ही मेरी पहचान ठीक-ठाक से प्राणी जैसी हो जाती है। यानी मैं किसी के लिए गाली हूँ या प्राणी, यह सामने वाले की भाषा पर निर्भर करता है।" इस विचार के आते ही मानो वह किसी महान निष्कर्ष पर पहुँच गया था।

"वैसे लोग अच्छा-बुरा बोल कर मेरी इज़्ज़त कम-ज़्यादा नहीं करते, वे अपना स्तर ही उठाते या गिराते हैं।" अब उसे परम ज्ञान की प्राप्ति होने जैसा महसूस हुआ। वह मन की उलझनों से बाहर निकल आया था।

"वहाँ सिर्फ़ डॉग्स का ही नहीं, घोड़ों का भी इलाज होता था। मेडिकल होना हो या ज़रूरत पड़ने पर देखभाल करनी हो, सारी सुविधाएँ उपलब्ध रहती थी।" अचानक उसे 'वेटनरी कोर' की याद आ गयी थी। उसे याद आया कि पहली बार 'खच्चर' शब्द उसने ऐसे ही किसी वेटनरी डॉक्टर के मुँह से सुना था।

"डॉक्टर बता रहे थे कि घोड़े और गधे को क्रॉस करवाने से यह नयी प्रजाति अस्तित्व में आयी।" यह सुनकर कितनी ही देर उसका सिर घूमता रहा था। "क्रॉस करवाने" का अर्थ ही उसे समझ नहीं आ रहा था। अभी वह अपनी ही सोच में उलझा हुआ था कि उसी पल दनदनाते बम के समान अगली जानकारी उसके कानों में आ गिरी, "अंग्रेज़ों ने इस नयी प्रजाति को पैदा किया था।" सीनियर डॉक्टर साहब ने बताया।

"नो सर।" जूनियर डॉक्टर ने तुरन्त आपत्ति दर्ज करवाई।

"ये हजारों वर्ष पहले ही वजूद में आ गये थे। हाँ भारत में ब्रिटिशर्स ने एक्सपेरिमेंट किया होगा। हमारे लिए ज़रूर अंग्रेज़ी हुकूमत की देन मानी जा सकती है।" यह जानकारी उसके साथ वहाँ मौजूद अधिकांश लोगों के लिए नयी थी। इससे पहले वह सुनता आया था कि खच्चर बहुत मेहनती होता है। वह गधे से ज़्यादा घंटों तक काम करते रह सकते हैं। बोझ को पहाड़ की सबसे ऊँची चोटी तक लेजा सकते हैं। जिस तरह रेगिस्तान में ऊंट काम करता है, खच्चर जंगलों और पहाड़ों में फ़ौजियों का खेवनहार साबित होते रहे हैं। पर आज उसे यह सब क्यों याद आ रहा है?" बन्धु ने अपनी आँखों के सामने बदलते घटनाक्रम से नज़र घुमाई और इस बार ख़ुद से सवाल किया।

उसे जूनियर डॉक्टर साहब की कही बातें याद आ रही थी कि घोड़े और जेब्रा से नयी नस्ल पैदा हो चुकी है। चूहे और खरगोश से भी इन्सान ने नयी प्रजाति पैदा कर ली है और तो और अलग-अलग तरह की मछलियों से भी वैज्ञानिक नयी तरह की मछलियाँ पैदा करने में सफल रहे हैं।

"जो पशु-पक्षियों के साथ किया जाता है क्या इन्सान अपनी ब्रीड के साथ भी ऐसा करते होंगे? क्या इन लोगों ने एलियन के साथ या किसी जंगली प्रजाति के साथ या किसी समुद्री जीव के साथ अपने-आप को क्रॉस करवाया होगा? इन्होंने जिस तरह खच्चर, जोर्स या डियर माऊस पैदा किये हैं, क्या ये

लोग डियर ह्यूमन या ह्यूजोर्स भी पैदा कर रहे होंगे? क्या ये लोग कोई खच्चर इन्सान भी बनायेंगे? मुझे लगता तो नहीं कि ऐसा कुछ ये लोग करने का सोच यहे हैं। नयी तरह की ब्रीड बनाने में सिर्फ़ कल्पना नहीं चाहिए। कल्पना और हौसला भी चाहिए होता है।" वह विज्ञान की खोज जैसी कोई बात नहीं जानता था इसीलिए सिर्फ़ यहीं तक सोचकर रुक गया।

उसे बहुत कुछ याद आ रहा था। जिन स्मृतियों को उसने अपनी ओर से हमेशा के लिए भुलाने का भ्रम पाल रखा था, आज वही सब फ़िल्म की भाँति उसके मस्तिष्क में चल रही थीं। कुछ चरित्र किसी फ़िल्मी नायक के समान उठा-पटक मचा रहे थे। इस समय उसके ज़हन में चल रही फ़िल्म के नायक 'माउंट वेटनरी कोर' के लेफ्टिनेंट कर्नल साहब थे।

"बात दरअसल यह थी कि लेफ्टिनेंट कर्नल साहब ने खच्चर पर स्टडी की थी। इस स्टडी के बाद वह नये आइडिया के साथ काम में जुट गये थे। यह जानते हुए भी कि कुत्ता, भेड़िया परिवार से ही आया है, उन्होंने कुत्ते और भेड़िए पर इसी तरह का प्रयोग किया था।" यह क़िस्सा याद आते ही वह अनमना-सा हो गया। कितनी सारी बातें उसे याद आती रहीं। अपना स्टरलाइजिंग किया जाना। इस अनुभव ने देर तक उसका मन ख़राब रखा।

"सब लोग कहते हैं कि प्रकृति के विरूद्ध काम करना ग़लत होता है, फिर मेरे बारे में साहब लोगों ने यह ग़लती क्यों की?" वह मन की उलझन में देर तक उलझा रहा। कुछ देर के सोच-विचार के बाद भी उसे अपने सवाल का जवाब नहीं मिला। थक-हारकर वह लेफ्टिनेंट कर्नल साहब के प्रोजेक्ट पर वापस लौट आया।

सबसे पहले अलग-अलग नस्ल के कुत्तों में से बग़ैर स्टरलाइजिंग वाला एक नर कुत्ता तलाशा गया। दूसरे कुत्तों की तलाश से लेकर उनके चुनाव तक का तरीक़ा उसे याद आ रहा था। आँखों देखी हुई सभी बातों को शब्द देना उसे नहीं आता था इसके बावजूद उसके विचार की मैराथन पूरी गति के साथ जारी थी।

बन्धु को याद आ रहा था कि किस तरह बन्दों ने जाल बिछाकर भेड़िए को पकड़ा था। ना जाने कितनी बार की सफल-असफल कोशिशें इसमें शामिल थीं। कभी जाल ख़ाली मिलता था तो कभी नर भेड़िये पकड़ में आते

थे। बहुत कोशिशों के बाद एक मादा भेड़िए को पकड़ने में सफलता मिली थी और फिर...

लेफ्टिनेंट कर्नल साहब का मानना था कि आज के समझदार कुत्तों और जंगली भेड़ियों से एक नयी नस्ल तैयार करनी चाहिए। उन्होंने इसे अपना ड्रीम प्रोजेक्ट बना लिया था। इस अभियान को अंजाम देने के लिए साहब ने सारे प्रयास किये थे।

"मुझे वह सब कुछ सही-सही याद है क्योंकि मैं ख़ुद भेड़िए के लिए जाल बिछाने और पकड़ने वाली टीम का हिस्सा था।" जिस गति से उस समय घटनाएँ घट रही थीं, आज उसी गति से बन्धु की यादों में चरित्रों की दौड़भाग चल रही थी।

"लेफ्टिनेंट कर्नल साहब कहा करते थे कि कहीं से इन्सान के लेवल का कोई दूसरा क्रीचर मिल जाये तब वैज्ञानिकों को यही टेक्नीक उन पर भी अपनानी चाहिए। हो सकता है कि कोई उन्नत क़िस्म की इन्सानी नस्ल तैयार हो जाये।" इस बीच उसे याद आया कि मादा भेड़िए का मुँह बाँधकर उसके साथी डॉग 'हिम्मत' से क्रॉस करवाया गया था। सब सोच रहे थे कि जल्दी ही उन्हें रिजल्ट मिलेगा पर ऐसा हुआ नहीं। एक दिन मेडिकल चैकअप के समय मादा भेड़िए ने फ़ौजी बन्दे पर अटैक कर दिया। जब तक बाक़ी के बन्दे हरकत में आते, मादा भेड़िया जंगल में भाग गयी।

साहब जी ने आसपास के जंगली इलाक़े में सर्च ऑपरेशन चलाये थे, लेकिन वह कहीं नहीं मिली। बाद में बहुत समय तक पैट्रोलिंग वाले दस्ते, जानवरों के नवजात बच्चों पर ख़ास ध्यान दिया करते थे। साहब का मानना था कि शुरु-शुरू में नवजात बच्चे भेड़िए या कुत्ते जैसे ही दिखेंगे। बन्दों ने जंगल से ऐसे बच्चों को उठा-उठाकर लाना तब तक बन्द नहीं किया जब तक अपना इलाका कुत्तों और भेड़ियों के बच्चों की जनसंख्या से बेहाल नहीं हो गया था।

"कितना कुछ मेरे दिमाग़ की तिजोरी में बन्द है।" विचारों की उटा-पटक के बीच उसने अपने-आप से कहा।

अपने भीतर आवाजों का शोर बढ़ता हुआ महसूस कर उसने ख़ुदको इस तकलीफ़ से बचाने के लिए बाहर की दुनिया को समझने का मन बनाया।

भीतर जब घमासान चल रहा होता है, तब अपने विचारों से बाहर निकलना आसान नहीं होता। उसने एक बार फिर प्रयास किया।

इस बार उसने अपने बैठने की जगह बदलने का मन बनाया ही था कि भीतर वाली बैठक से साहेब की ऊँची आवाज़ उसे सुनाई दी। आमतौर पर साहेब अपनी आवाज़ ऊँची नहीं करते। उन्हें कुछ कहने के लिए ज़ोर नहीं लगाना पड़ता। यदि वह धीरे से भी कुछ कहते हैं, तब भी सब उनकी बात सुनते हैं। उनकी कही बात पर तुरन्त अमल हो जाता है। बल्कि उनका आदेश मानने के लिए लोगों में मुक़ाबले होते हैं।

"आज ऐसा क्या हुआ जो साहेब को अपनी आवाज़ ऊँची करनी पड़ गयी?" इसी चिन्ता के साथ वह जल्दी-से भीतर पहुँचा। अन्दर का माहौल उसे गरमाया हुआ-सा लग रहा था। लोग अलग-अलग तरह से व्यस्त दिखे। सब लोग इधर-उधर खड़े थे। एक-दो लोग साहेब के बिल्कुल नज़दीक मौजूद थे। फ़ोन पर कोई बात हुई थी जिसका यह असर हुआ था कि साहेब को अपनी आवाज़ ऊँची करनी पड़ गयी थी।

वह स्थिति को समझना चाहता था। साहेब के लिए कुछ करना चाहता था मगर चाह कर भी समझ नहीं सका कि वहाँ क्या हुआ है। माहौल को समझने के लिए उसने अपनी ओर से कोशिश जारी रखी। धीरे-धीरे उसने साहेब की ओर क़दम बढ़ाए।

चौदह

ट्रेनिंग के समय सीखने पर पूरा ध्यान लगाने का मन्त्र बन्धु को बचपन में ही मिल गया था। दरअसल इसके सिवा उसके पास कोई विकल्प भी नहीं था। वह उम्र के बहुत छोटे पायदान पर ही समझ गया था कि जहाँ रहने को मिलता है, वहाँ मालिक की बात माननी होती है। वह जानता है कि सिखायी गयी हर बात को जीवन भर याद रखना होता है। वफ़ादारी पर कुत्तों का पेटेंट है, इसीलिए यह किसी क़ीमत पर छूटनी नहीं चाहिए। यदि कुत्ते को वफ़ादारी आ गयी तो समझ लो कि आज्ञापालन, ईमानदारी, और जान कुर्बान करने का जज्बा उनमें अपने-आप पैदा हो जायेगा। समाज का घोषित अनुशासनहीन आदमी भी अपने कुत्ते से अनुशासित और अच्छे व्यवहार की गारंटी चाहता है।

"साहेब स्वयं बहुत अनुशासित व्यक्ति हैं। वह तो शब्द भी सोच-समझकर ख़र्च करते हैं। बोलने का काम सामने बैठा व्यक्ति ही करता है। साहेब में एक बहुत अच्छा गुण है, वह सामने बैठे व्यक्ति के मन की बात निकलवाना जानते हैं। वह ख़ुद कुछ नहीं कहते। सामने वाला जितना बोलता है, उसी में साहेब अपनी ओर से सवालिया तरीक़े से गर्दन हिलाने, आँखों से पूछने का संकेत जैसा कुछ करते हैं। कभी-कभार बहुत हुआ तो अलग से अन्दाज़ में 'अच्छा' बोलते हैं या किसी-किसी मौक़े पर अलग तरह से 'हूँ' कहकर काम चला लेते हैं। साहेब के इतना करने पर ही सामने वाला व्यक्ति उन्हें अपने बारे में सब कुछ बता देता है।" साहेब को व्यवहार करते हुए बन्धु ने बारीक़ी से देखा था। इतने विनम्र स्वभाव वाले इन्सान की ग़ुस्से से भरी ऊँची आवाज़ सुनकर वह हैरान हो रहा था।

"भट्टाचार्य साहब के साथ मैंने साहेब को ठहाका लगाकर हँसते हुए देखा है।" उसे अचानक याद आया। याद के इस टुकड़े ने उसके मन में साहेब के लिए चिन्ता जगा दी। वह सोच रहा था कि कैसे भट्टाचार्य साहब तक सन्देश भेज दे कि आज अपने दोस्त से बात कर लो। साहेब को आज एक दोस्त की ज़रूरत है। आज ना जाने क्यों उनका 'गब्बर' परेशान दिख रहा है। अपनी चिन्ताओं के साथ उसने साहेब की ओर क़दम बढ़ाए ही थे कि एक कड़कड़ाती हुई आवाज़ उसके कानों में पड़ी, "निकालो इसको यहाँ से।" यह साहेब की आवाज़ थी। साहेब ने ग़ुस्से में कहा। बन्धु ने घूमकर पीछे देखा, वहाँ कोई नहीं था।

"तो क्या साहेब मुझे ही कह रहे हैं? यह कैसे हो सकता है।" उसने सोचा।

"निकालो इसे यहाँ से। बाहर फेंक दो इस हरामजादे को।" ग़ुस्से से तमतमाते हुए साहेब की आवाज़ ऊँची हो गयी थी। उन्हें चिल्लाने या ऊँचा बोलने की आदत नहीं है इसीलिए उनके गले से आवाज़ अजीब तरह से फट कर निकल रही थी। बन्धु ने साहेब का यह रूप पहले कभी नहीं देखा था। आज बन्धु को साहेब अजनबी लग रहे थे।

"कितनी हैरानी की बात थी कि जिस डॉग को अपने घर लाने के लिए साहेब ने दो साल इन्तज़ार किया, आज उसी पर बे-बात चिढ़ गये थे। साहेब के एक इशारे पर चार आदमी दौड़ पड़ते हैं। अभी भी यही हुआ था। मुझे बाहर निकालने के लिए दो-तीन लोग आगे बढ़े। मुझे समझ ही नहीं आया कि मैंने क्या कर दिया है। अचानक मुझे कमरे से बाहर निकाल दिया गया। ऐसा मेरे साथ पहले कभी नहीं हुआ था। मैं बहुत इज़्ज़त के साथ रिटायर हुआ हूँ। मेरे काम के कारण मुझे ख़ूब इज़्ज़त और मान-सम्मान मिलता रहा है। फिर अब यह सब क्या हो रहा है? इससे ज़्यादा ज़रूरी यह पता लगाना है कि ऐसा क्यों हो रहा है? क्या एक ही जनम में मेरे साथ सब कुछ होना ज़रूरी है? इसी जन्म में मुझे सारे तजुर्बे होने ज़रूरी हैं क्या? कुछ तो किसी और जन्म के लिए भी बचा रहना चाहिए था।" वह मायूस हो गया। उसे कमरे से निकाला गया था। अभी फ़ार्महाउस से भगा देने का हुक्म नहीं दिया गया था। ऐसा व्यवहार देखकर वह हैरान था। यह उसके लिए किसी सदमे से कम नहीं था।

फ़ार्महाउस लम्बे-चौड़े इलाक़े में फैला हुआ है। उसने ख़ुद को चहल-पहल से दूर कर लिया। इस समय वह मालाबार हिल्स पर था और बैठने के लिए ठीक-ठाक जगह तलाश रहा था।

इस अप्रत्याशित घटना ने उसे हिलाकर रख दिया था। इससे पहले उसने अनगिनत सदमे झेले थे मगर उसका ऐसा अपमान, इससे पहले कभी नहीं हुआ था। वह हतप्रभ था। इस सदमे को झेलने के लिए अकेले में बैठकर विचार करना चाहता था। सुबह जिस चट्टान के साथ बैठा वह दूर-दूर तक नज़र रख रहा था, इस बार भी उसने वही स्थान चुना। इस बार नज़र रखने के लिए नहीं, बल्कि लोगों की नज़रों से दूर रहने के लिए। वह सबसे दूर होकर सोच-विचार के लिए सबसे दूर आ गया था।

वह स्वामीभक्ति, ईमानदारी और मेहनतकश जैसे शब्दों के अर्थ समझने की कोशिश में लग गया था।

पन्द्रह

फसल के तैयार होने का समय, उसकी बुवाई से लेकर कटाई तक की अवधि से आँका जाता है। जिस दिन बीज को खेत में रोप देते हैं, खेती के समय की गणना उसी दिन से शुरू हो जाती है। यानी तैयार फसल के लिए मेहनत और सब्र, दोनों की ज़रूरत होती है। दोस्तियाँ भी ऐसी ही होती है। जब दो लोग एकसाथ दिखाई देने लगते हैं, उससे बहुत पहले उनकी दोस्ती की नींव पड़ चुकी होती है। बहुत सारे सुख-दुख, परेशानियाँ और ख़ुशी के पलों को पार कर वह दोस्ती की इमारत बनाते हैं। दोस्त कहने का मतलब दो लोगों का एकसाथ समय बिताना भर नहीं है। दोस्ती के लिए दूसरे की आदतों को सहना, उसकी बातों को नज़रअन्दाज़ करना और एक-दूसरे पर ढ़ेरों ख़ुशियाँ क़ुर्बान करना होता है। इसके बाद उनके हिस्से में बहुत सारा अच्छा समय आता है जिसे एकसाथ बिताने में सुख मिलता है।

"भट्टाचार्य साहब और साहेब भी ऐसे ही दोस्त है। स्कूल से लेकर अकेडमी और आज तक का साथ है यह।" उसने कहा।

दोनों दोस्तों ने एक-दूसरे को अलग-अलग नाम दे रखे थे। भट्टाचार्य सरनेम को फ़ौज में अक्सर 'भट्टा' कहा जाता है। साहेब भी भट्टाचार्य साहब को ऐसा ही कुछ कहते थे। वह कभी 'भट्टा' तो कभी 'भट्टे' कहते थे। जबकि भट्टाचार्य साहब ने अपने दोस्त का नाम 'गब्बर' रख रखा था। दोनों ने एक-दूसरे के नाम फ़ौज में जाने से पहले ही रख लिये थे। शायद स्कूल या कॉलेज में ही उन्होंने यह नाम चुन लिए थे। फ़ौज में अलग नाम से बुलाना तो उनके लिए बहाना था।

"कुछ दिन पहले तक सब ठीक-ठाक चल रहा था। इन्सानों को लेकर मेरी सोच आज के जैसी नहीं थी। दरअसल जिस तरह मैं अपने परिवार से बिछड़ गया था और शेल्टर होम से उठाकर मुझे दूर भेज दिया गया था वह सब मुझे अक्सर याद आता है। दूसरे पते से भी मुझे बिना बताये, एक दिन अचानक बेघर कर दिया गया था। उसके बाद न्यूटर करने वाले अनुभव ने भी मुझे उतना नहीं बदला था जितना इस बार की चोट ने तकलीफ़ दी।" आज वह वर्तमान में लौटने को तैयार नहीं था। बैचेनी बढ़ रही थी। इस समय वह इतना बैचेन था कि उसका मन कहीं नहीं लग रहा था। उसे कहीं भी शान्ति नहीं मिल रही थी। सोच रहा था कि वह स्वामिभक्त इसीलिए तो है क्योंकि बहुत भावुक है। कुत्ता जिसको एक बार अपना मान लेता है, उस व्यक्ति का परेशान होना वह बर्दाश्त नहीं कर पाता। इस बार उसकी सोच अपने-आप से हटकर साहेब पर चली गयी थी।

"क्या हुआ होगा? साहेब परेशान है वो तो समझ आ गया पर वे परेशान क्यों है?" इस विचार के साथ एक बार फिर वह चट्टानों के बीच से उठकर मुख्य द्वार के नज़दीक आकर बैठ गया लेकिन उसका मन अब भी अपने साथ नहीं था। कुछ देर पहले की घटना से वह बाहर नहीं निकल पाया था। बन्धु एक नज़र साहेब को देख लेना चाहता था। साहेब के बारे में उसे चिन्ता हो रही थी। वह भीतर जाना चाहता था मगर साहेब जी का ग़ुस्से से तमतमाते हुए 'बाहर निकालो इस हरामजादे को' कहना उसे बार-बार याद आ रहा था।

"मुझे कभी, किसी ने गाली नहीं दी...लोगों ने जो सुलूक किया, वो किया लेकिन कभी, किसी ने गाली नहीं दी थी। इस तरह कमरे से भगाया नहीं था। क्या हुआ होगा? साहेब ज़रूर किसी परेशानी में हैं नहीं तो वे ऐसा क्यों कहते..." वह उठा और बैठक के बाहर जाकर खड़ा हो गया। भीतर जाना चाहता था मगर उसने ख़ुद को रोक लिया। कुछ देर उहापोह की स्थिति में वहीं खड़ा रहा फिर वापस लौट आया।

"सही कहते हैं लोग कि मौसम से ज़्यादा तो इन्सान की फ़ितरत बदलती है।" बन्धु अपने-आप से संवाद कर रहा था। कभी-कभी सोचता है कि कितना अच्छा है जो उसे इन्सानी भाषा नहीं आती। जब चुप रहना असम्भव हो जाता है तब वह चूंऽऽऽ चूंऽऽऽ चूंऽऽऽ चूंऽऽऽ की आवाज़ में अपनी बात कह लेता

है। कभी ज़्यादा हुआ तब भौंक लिया या उबासी लेने के क्रम में ऊंवाऊंऽऽऽ जैसी आवाज़ निकालते हुए भी बहुत कुछ कह लेता है।

फ़ार्महाउस में चहल-पहल बढ़ती जा रही थी। माहौल लगातार और ज़्यादा गम्भीर होता जा रहा था। सब लोग असहज-से लग रहे थे। अधिकांश लोग मोबाइल पर लिखकर काम कर रहे थे शायद इस तरह वे दूर बैठे किसी व्यक्ति से बातचीत कर रहे होंगे। कुछ लोग अपने आसपास मौजूद लोगों से दूर जाकर फ़ोन पर बात कर रहे थे।

"इन्सानों की भाषा एक जैसी होती है। शायद इसीलिए अपनी बात दूसरों से छिपाने के लिए ये लोग एक-दूसरे से दूर जाकर बात करते हैं।" उसने सोचा।

"यह सोचकर वह हैरान था कि यहाँ मौजूद लगभग सभी लोगों को ऐसी क्या बात करनी है जिसके लिए सब एक-दूसरे से दूर जा रहे हैं। वह सब ऐसी कौनसी पहली सुलझाने वाले हैं जिसका केन्द्र यहीं है मगर उसका हल कहीं दूर छिपा हुआ है। उसी हल को तलाशने के लिए इन्हें आसपास मौजूद लोगों से दूरी बनानी पड़ रही है।" फ़ार्महाउस का पल-पल बदलता माहौल, बन्धु को अलग-अलग कोण से विचार करने को प्रेरित कर रहा था।

"यदि सभी जीवित प्राणियों की भाषा एक जैसी होती, तब कैसा होता? सारे पशु-पक्षी, इन्सान और हम कुत्ते यदि एक जैसी भाषा बोलते, तब?" अभी वह इस विचार पर ठीक से ध्यान भी केन्दित भी नहीं कर पाया था कि फिर से तस्वीर बदल गयी। इस बार उसे भरोसा हो गया था कि अच्छा ही है जो सबकी भाषाएँ अलग-अलग हैं। उसने अपनी चूंऽऽऽ चूंऽऽऽ की आवाज़ में अभी-अभी मिला ज्ञान सबको सुनाया। इस तरह कितनी सारी बातें वह सबके बीच खुलेआम कह लेता है।

"अच्छा है कि पशु-पक्षियों और इन्सानों को एक-दूसरे की भाषा समझ नहीं आती। अपने-आप पर्दादारी रह जाती है। ऐसा नहीं होता तब क्या मालूम कि सबका व्यवहार कैसा होता। सब नस्लों में इन्सान सबसे ज़्यादा बुद्धिमान है इसीलिए ये लोग सबकी लगाम खींच कर रखते।" इतना सोचते ही उसे इन्सानों पर तरस आ गया।

"इन बेचारों की ज़िम्मेदारी कितनी बढ़ जाती...इन्हें हर दिन कितने प्राणियों को सज़ा देनी पड़ती। शाब्बाशी जैसा काम तो ये लोग करते या नहीं करते, हाँ सज़ा वाला काम तो कर ही लेते।" इस बार ना उसके चेहरे पर हँसी थी और ना ही व्यंग्य में डूबी मुस्कराहट। कुछ समय से फ़ार्महाउस में चल रही उठा-पटक देखकर उसे इन्सानों पर दया आ रही थी।

"कितने बेचारे हैं ये लोग। अपनी सारी ताक़त लगाते हैं उस पद पर बने रहने के लिए जो कभी, किसी का नहीं हुआ।" बन्धु ने अपना चेहरा ज़मीन पर टिका दिया। उसने कभी नहीं सोचा था कि वह एक ही दिन में इतनी तरह की गतिविधियों का गवाह बनेगा। यह थकान या हताशा नहीं थी, बस वह कुछ पलों का आराम चाह रहा था। फ़ौज में एकसाथ लगातार छह घंटे से ज़्यादा कुत्तों से काम नहीं करवाया जाता। बहुत कठिन हालात में भी आठ घंटे के बाद बन्धु को आराम पर भेज दिया जाता था। वह जिस जीवन को जीने का अभ्यस्त रहा है, आज का घटनाक्रम उससे एकदम उलट चल रहा था।

"आज ही मुझे बीता हुआ समय सबसे ज़्यादा याद आ रहा है और आज ही यहाँ भी सबसे अजीब तरह का दिन देखने को मिला है। शायद इतनी उठापटक के कारण ही मुझे अपने बीते हुए दिनों की याद आ रही है।" इस बार उसने समाधि में ना जाने का निर्णय किया था मगर ऐसा कहाँ सम्भव है। जब 'समझदार' की श्रेणी में शामिल लोग अपनी भावनाओं को काबू में नहीं रख पाते हैं, तब बन्धु की ख़ुद से ऐसी उम्मीद करना कहाँ तक सही था?

"साहेब को बहुत पसन्द है ये कुत्ता। इसके कान देखे हैं, हमेशा उपर रहते हैं।" माली को अपने बारे में बोलते हुए सुनकर उसने अपनी बॉडी लेंग्वेज पर ध्यान दिया। वह भी इसी तरह रहना चाहता है लेकिन आज उसके कान और पूँछ में स्वाभाविक अकड़ नहीं थी। अन्य कुत्तों के समान डर के मारे उसके कान और दुम नीचे तो नहीं हुए थे मगर आज अन्य दिनों जैसा जोश भी बचा नहीं रह गया था।

सोलह

"इन्सान अपनी ताक़त पर काम करने लगे तो असम्भव को हरा दे पर ऐसा हो नहीं पाता। वो अपनी कमज़ोरियों में ही डूबा रहता है। जानवरों को इन्होंने अपनी पसन्द के जैसा बना लिया है लेकिन ये ख़ुद इन्सान नहीं बन पाए।" अपने आसपास के लोगों के व्यवहार को देखकर उसने अपने-आप से कहा।

कुछ लोगों को आपस में खुसर-पुसर करते देख, वह उनके क़रीब पहुँच गया था। वहाँ चल रही बातचीत के बीच फैली ख़ामोशी को सुनकर वह अपनी समझ के घोड़े दौड़ाने ही लगा था कि उसने ख़ुद को रोक लिया। वहाँ मौजूद लोग, किसी अलग ही दुनिया से आये हुए लग रहे थे। कहने को बहुत कुछ था उनके पास मगर जो कहना चाह रहे थे, वह ना कहकर इधर-उधर की बातों में समय लगा रहे थे। दरअसल यह सब कुछ वक़्त के बेहद नाज़ुक दौर में हो रहा था। समझ नहीं आ रहा था कि क्या कहना है और कितना कहना है। इससे बड़ी मुसीबत यह हो रही थी कि भरोसा किस पर किया जाये? तिस पर भी परेशानी यह कि मन में उठ रही उथल-पुथल के बारे में किसको नहीं बताना है और जिसे बताना है, उसे भी कितना बताना है, यह समझ नहीं आ रहा था। फ़ार्महाउस में मौजूद सभी लोग दुविधा की स्थिति में थे।

"इन्सान होने की सबसे बड़ी मुसीबत यह है कि इनको चुप रहना नहीं आता। बोलना इनकी मजबूरी है, इसीलिए सब बोल रहे हैं।" आपस में बात करते हुए बहुत कुछ छिपाने के संघर्ष में व्यस्त लोगों को देखकर बन्धू ने कहा।

अधिकांश लोग हर थोड़ी देर में आसपास की भीड़ से दूर जाकर, मोबाइल फ़ोन को कान में लगभग घुसा देने जितने जतन से किसी से 'सीक्रेट'

बात कर रहे थे। कुछ लोग अपनी बात समाप्त कर इस तरह लौट रहे थे जैसे उन्होंने कोई बड़ा राज़ पता कर लिया है और यह राज़ बस उन्हीं के पास सुरक्षित रहने वाला है। कुछ ऐसे आते थे मानो उनके पेट में बम प्लांट कर दिया गया है। यदि अभी 'साहेब' तक सूचना ना पहुँचाई तो बम पेट में ही फट जायेगा और विस्फोट से आसपास मौजूद लोगों के चीथड़े उड़ जायेंगे। वहाँ जितने लोग थे, सबके भिन्न-भिन्न चरित्र थे जिसे सब पूरे जतन से सम्हाल रहे थे इसके बावजूद उनके चरित्र उजागर हो रहे थे। इस खेमे में धोखेबाजों के बावजूद वफादारों और चापलूसों की कमी नहीं थी।

फ़ार्महाउस में मौजूद अधिकतर लोग अपने-आप को 'साहेब' का विश्वासपात्र घोषित करवाने की जुगत में लगे हुए थे। वहाँ ऐसे अनेक लोग थे जिनकी पहुँच सीधे, सबसे ऊँचे सिंहासन पर बैठने वाले व्यक्ति तक होने की कोई सम्भावना नहीं थी। ऐसे लोग दूसरे-तीसरे या अपनी पहुँच के अनुसार चौथे नम्बर के महत्त्व वाले व्यक्ति तक बाहर से मिल रही सूचना पहुँचाने में जुटे हुए थे। सबसे आख़िरी कार्यकर्त्ता भी जानता है कि संकटकाल से उबरने के बाद, उसके प्रयासों पर भी शाब्बाशी ज़रूर मिलेगी। यही कारण था कि सब के सब आने वाले समय में मिलने वाली शाब्बाशी जो सम्भवत: 'एक बड़ा ईनाम' होगी, की उम्मीद में जुटे हुए थे।

फ़ार्महाउस के बड़े हॉल नुमा कमरे में जितने भी सफ़ेदपोश मौजूद थे, 'साहेब' सभी से बातचीत कर रहे थे। जितनी निष्ठा दूसरे दिखा रहे थे, 'साहेब' भी उनका, उतना मान रख रहे थे। सब जहाँ-तहाँ जड़ हुए बैठे या खड़े थे। बिना महत्त्वपूर्ण काम के कोई, कहीं आना-जाना नहीं कर रहा था। वहाँ अलिखित क़ानून जैसा पारित हो गया लगता था कि जो जहाँ है, वहीं रूक जाये। बस एक अकेला वही था जो इधर से उधर तक अपनी पूँछ लहराता हुआ घूम रहा था।

उसकी चहलकदमी चल ही रही थी कि एक सज्जन जिसे कुछ लोग 'भाऊ' बुला रहे थे, वह कमरे से बाहर आये। बन्धु आदतन उसके पीछे-पीछे चल पड़ा। बाथरूम की कुंदी भीतर से बन्द हो गयी थी इसीलिए उसे बाहर ही रुके रहना था। 'भाऊ' बाथरूम में बहुत धीमी आवाज़ में किसी से फ़ोन पर

बात कर रहे थे। कुछ ही देर में वह बाहर आये। अपने कपड़े व्यवस्थित किए और खुले में खड़े होकर एक फ़ोन लगाया।

"गाड़ी निकालो, मैं आता हूँ।" फ़ोन रखने के बाद उन्होंने अपने ख़ास आदमी से कहा। हुक्म देने के बाद भाऊ भीतर जाने को पलटे मगर तुरन्त उन्होंने अपना इरादा बदल लिया। इस बार वह तेज़ क़दमों से गाड़ी की ओर बढ़ लिए।

देखने वालों की नज़रें कमाल होती हैं और तिस पर जासूसों के तो कहने ही क्या! भीतर से दौड़ते कुछ जोड़ा क़दम भाऊ की ओर लपके। अन्दर से आ रहे क़दमों की रफ़्तार देखकर कुछ बाहर खड़े क़दम भी अपना योगदान देने पहुँच गये थे। इससे पहले कि भाऊ अपनी रेंज रोवर जिस पर 'भाऊ रथ' लिखा था, पर सवार होते, उन्हें रोक लिया गया। गाड़ी का दरवाज़ा बन्द होने ही नहीं पाया था कि उन्हें उतारने वालों का काफ़िला उन तक पहुँच गया। दो-तीन लोग गाड़ी के आगे जा खड़े हुए और शेष बची लम्बी-चौड़ी साहेब की सेना ने गाड़ी को घेर लिया।

यह सब उतनी ही जल्दी हुआ था जितनी अचानक भाऊ का बाहर जाने का कार्यक्रम बना था। पासा पलटता देख भाऊ का रंग भी बदल गया। भाऊ कौन से कम खिलाड़ी थे। वे तुरन्त समझ गये कि वह घेर लिये गये है और अब उनकी पेशी होना तय है। और कुछ सम्भव हो या ना हो, अब उनके मंसूबे पूरे नहीं हो सकते। पब्लिक पर्सनालिटी की समझ का दायरा विशाल होता है। वे तुरन्त निर्णय लेने और बयान बदलने में समर्थ होते हैं। भाऊ ने भी वही किया।

"मैं अब्बी आ रहा हूँ। मेरी पत्नी की तबीयत बिगड़ गयी है। उसे हॉस्पिटल ले गये है। मुझे तुरन्त उसके पास पहुँचना है।" भाऊ ने कार्यकर्ताओं के घेरे में ही बोलना शुरू कर दिया था। घेरा मानो अपने-आप चलता हुआ बैठक में जा रहा था। भाऊ का बोलना, भीतर पहुँचने तक चलता रहा।

"मैं कहीं नहीं जा रहा। मैं तो आपके साथ ही हूँ।" भाऊ ने हाथ जोड़कर कहा।

"मैं जानता हूँ कि आप मेरे साथ है। मुझे यक़ीन है कि हम एक-दूसरे के साथ मजबूती से खड़े हैं। यह ग़लतफ़हमी तुम्हें क्यों हुई कि मुझे, तुम पर शक

है?" साहेब ने भरोसे की बन्दूक में रखकर जो गोली चलाई थी, उससे भाऊ की ज़ुबान तालू से चिपक गयी।

"मेरी पत्नी की तबीयत..." आगे के शब्द भाऊ के मुँह में ही रह गये।

"अभी कोई यहाँ से बाहर नहीं जा सकता। ऐसे करो भाभीजी से वीडियो कॉल पर बात करके हालचाल पता करो। हमारे लोग उनकी देखभाल में कोई कमी नहीं होने देंगे। आप परिवार की चिन्ता मत करो।" साहेब की बात ख़त्म होते ही अगली कार्रवाही शुरू हो गयी। भाऊ के घर की देख-भाल के लिए शहर में मौजूद दस्ते को निर्देश दे दिये गये थे।

भाऊ को साहेब के सामने पेश करने के लिए जो दस्ता यकायक जुट गया था, बन्धु भी उसमें शामिल होकर बैठक में पहुँच गया। भाऊ के साथ किया जा रहा व्यवहार देखकर वह बाहर लौट आया। भाऊ को घेरे हुए अनेक कार्यकर्त्ता, बैठक के भीतर तक पहुँच गये थे। वहाँ का माहौल और बातचीत समझने का बन्धु ने प्रयास किया था मगर उसके लिए यहाँ सब कुछ नया था।

"ऐसा मैंने पहले कभी नहीं देखा। ख़राब से ख़राब हालात में भी इस तरह ज़बरदस्ती किसी को कमरे में बन्द करते हुए मैंने नहीं देखा था। क्वाटर गार्ड में जाने वाला बन्दा भी अपने पैरों पर चल कर जाता था...अपने साथी को धकियाते हुए इससे पहले मैंने किसी को नहीं देखा था।" एक बार फिर उसका अपने-आप से संवाद शुरू हो गया था।

"जब-जब मैं जजमेंटल हुए बिना यहाँ के माहौल में रमने की सोचता हूँ, हर बार कोई नया क़िस्सा उठ खड़ा होता है। फ़ौज में कपड़े पहनने का एक सलीका होता है। वहाँ लोग सलीके से रहते, खाते और कपड़े पहनते हैं। यहाँ तो कच्छा-बनियान पहनकर ही आदमी सड़कों पर घूमते रहते हैं। साहेब के नहीं होने पर भावेश ख़ुद आधे-अधूरे कपड़े पहनता है। पान-गुटका खाकर लोग कहीं भी थूक देते हैं। और दिखावा तो..." विचारों की झील में जैसे अचानक एक पूरा पहाड़ आ गिरा था।

"दिखावा वो कैसे करेंगे जो हर स्तर पर समान हों। एक समान तनख़्वाह वाले लोग एक-दूसरे के आगे निकल भी जायेंगे तब भी कितना आगे जायेंगे।" इस बार उसके चेहरे पर व्यंग्य जैसी मुस्कान आकर रूक गयी थी।

सत्रह

"अरे, ऐसे नहीं, सम्मान से लेकर आओ। ये तो अपने ख़ास आदमी है भाई।" बाहर आते हुए साहेब ने टोका। साहेब की बात सुनने के बाद भी घेरे की पकड़ ढ़ीली नहीं हुई, ना ही आवाज़ नीचे हुई। हाँ, बोलने वालों के लहज़े में नरमी ज़रूर आ गयी थी। अपने-अपने अन्दाज़ में एक-दो स्वर उभरे, जो बता रहे थे कि वहाँ नाराज़गी जैसा कुछ नहीं है। वह तो आदरणीय जी को प्रेम से भीतर ले जा रहे हैं। जिन हाथों ने भाऊ के कन्धे पर हाथ रख रखा था, उनकी पकड़ भी कुछ ढ़ीली हो गयी थी। कोई नहीं जानता कि आने वाले समय में किसका पलड़ा भारी हो जाये। सबको इस समुन्दर में अपनी-अपनी कश्ती खिंचवानी है। फिलहाल साहेब के साथ बने रहने में भलाई है, इसीलिए उन्होंने अपने हाथ बाक़ायदा भाऊ के कन्धे पर बनाए रखे मगर हाथों की पकड़ में कुछ नरमी जैसी आ गयी थी। यह सब होते हुए साहेब भी देख रहे थे।

इस बार उसका माथा ठनका। "ऐसा कैसे हो सकता है?" उसने अपने आसपास मौजूद लोगों को ध्यान से देखा। इनमें से किसी की भाव-भंगीमा उसको प्रेम-प्यार जैसी नहीं दिखी।

"इससे तो हमारा व्यवहार अच्छा होता है। जहाँ आठ-दस मिले नहीं कि एक-आध कटखाना कुत्ता, लड़ने या काटने पर उतारू हो जाता है। गली के कुत्तों का हमेशा से घोषित 'दोस्तों का गैंग' उस पर पिल पड़ता है। सामने वाला यदि ग़लती पर है तो दुम दबा कर ग़लती मान लेता है। ऐसे में दो ही स्थितियाँ होती हैं। पहली यह कि ग़लती करने वाला इलाक़े को छोड़कर दूर चला जाये। ऐसा ना हो तब दूसरी स्थिति में इसी इलाक़े में रहना है तब यहाँ के दबंगों से दबकर रहना सीख लो। एक और तरीक़ा भी होता है कि घमासान

के बीच में किसी एक गैंग का कोई साथी यदि छींककर सन्देश दे देता है कि यह "लड़ाई" असलियत में लड़ाई नहीं है, तब बात बन जाती है। छींक का मतलब हुआ कि यह सिर्फ़ हँसी-मज़ाक़ और टाँग खिंचाई वाली लड़ाई चल रही है। इस एक छींक का जवाब, दूसरी ओर से भी ऐसा ही आ जाये तब घोषणा हो जाती है कि लड़ाई ख़त्म। सब स्वान, आपस में दोस्त हो जाते हैं। वैसे हमारी नस्लों का तो यही टाइम पास होता है, हमें कौन-से बिज़नेस करने होते हैं या सरकारें चलानी होती हैं। हमारी तो मुहल्ला राजनीति है, जो अनवरत ऐसे ही चलती रहती है। वैसे भी एक मोहल्ले वालों को दूसरे मोहल्ले में जाना नहीं होता। यह तो मनोरंजन का हमारा देसी तरीक़ा है जो जन्म-जन्मान्तर से इसी तरह चल रहा है।" बन्धु ने अपनी गणित लगायी। यह देखकर उसे अपनी ट्रेनिंग के दौरान और उससे पहले की लड़ाइयाँ याद आ गयी थीं। ट्रेनिंग के बाद इन बचकानी बातों के लिए उसके जीवन में जगह नहीं रह गयी थी।

"इन लोगों से तो हमारे क़ानून अच्छे हैं। इन्सान को कुत्ता बनने में अभी और कई पीढ़ियाँ लगेंगी...पीढ़ियों तक तो ठीक है, कहीं सही व्यवहार सीखने में ये लोग सदियाँ ना लगा दें।" इन्सानी व्यवहार ने उसे चिन्ता में डाल दिया था।

अठारह

"इंटरनेशनल लेवल पर फाइव आइज इंटेलीजेंस एलायंस में हम नहीं हैं। वहाँ नहीं तो ना सही पर अपने देश में इंटरस्टेट लेवल पर तो ऐसा एलायंस बनाया जाना चाहिए ना। हम साले जंगलों की ख़ाक छानने फिरते हैं और पता लगता है कि कुछ सौ मीटर के गैप पर वो हमें गच्चा दे गये। और उससे बड़ी बात ये कि हम उनका कुछ बिगाड़ भी नहीं सकते। जब तक हम उनके पास पहुँचते हैं, वो हमारी रेंज से बाहर निकल जाते हैं।" मेजर साहब की आवाज़ में जीत ना पाने का मलाल भी था और हारने से उपजी खीज भी। उनकी आवाज़ में पैठी निराशा, वहाँ मौजूद अन्य सैनिकों के साथ बन्धु को समझ आ रही थी।

"सर, हम इंटरनेशनल लेवल पर उस मुकाम पर कब पहुँचेंगे, पता नहीं पर यहाँ तो इंटर स्टेट लेवल पर भी आपस में कम्युनिकेशन नहीं है। टेरिरिस्ट जरा सा इधर से उधर होता है, आपका डेजिग्नेटेड एरिया क्रॉस हुआ तो वो आपकी रडार से बाहर हो जाते है। आप बैठे रहो अपनी प्लानिंग के साथ। वो हमसे ज़्यादा स्मार्ट है या नहीं पर स्मार्टनेस दिखाने में कामयाब तो हो ही जाते है ना।" जूनियर ऑफ़िसर भी मेजर साहब की राय से सहमत था।

"सफल होना है तो होमवर्क पूरा किया करो। यह उनका इलाका है। सही बात यह है कि उनके लिहाज़ से हम घुसपैठिए हैं। हम उनका आसान टार्गेट हो सकते हैं। वो यहाँ के चप्पे-चप्पे से वाक़िफ़ हैं। जो अपनी मिट्‌टी को पहचानता है, उसी का पलड़ा भारी होता है। हम तो सिर्फ़ जीतने की ज़िद्द के कारण जीत जाते हैं। बाक़ी ना उसके पास ट्रेनिंग की कमी है और ना वेपन की। जान हथेली पर लिए फिरते हैं ये लोग।" मेजर साहब ने युवा अधिकारी को टोका।

“सर, वो नहीं जानते कि उनका पाला किन सिरफिरों से पड़ा है। हम भी सिर पर कफ़न बाँध कर निकले हैं।” युवा अधिकारी के ख़ून में जोश उबाल मार रहा था।

“मरना फितरत नहीं होनी चाहिए, मारना हमारा पेशा है। देश को बचाने में सब मर जायेंगे तो देश बचा कर क्या करेंगे? किसके लिए बचायेंगे देश? तुम्हारा मक़सद होना चाहिए–दुश्मन पर जीत।” अपने स्मृतिलोक में बसी यादों से वह जल्दी ही बाहर निकल आया।

उसका ट्रेड स्निफर डॉग का था। इसके बावजूद वह अन्य मोर्चों पर भी मददगार साबित होता था। सेना में एक काम के लिए एक बन्दे को ट्रेंड किया जाता है। इस सच्चाई के बावजूद सुरक्षा को ध्यान में रखते हुए सब को, सब तरह की स्किल्स सिखाई जाती है। वैसे बन्धु का ट्रेड गन्ध पहचानना था मगर वह अटैक करने और रेसक्यू ऑपरेशन में भी महत्त्वपूर्ण भूमिका निभाता था। दौड़ने और छलाँग लगाने में माहिर बन्धु का रिकॉर्ड बढ़िया था।

“बेहतरीन रिकार्ड बनाने वाले डॉग को अपनी आँखों के सामने सबसे घटिया हरकतें होते हुए देखना पड़ रहा है।” अपने सामने चल रही उठा-पटक देखकर उसने सोचा।

ट्रेनिंग के दौरान मिली सीख जीवन भर साथ चलती है। वह गन्ध पहचानने में ग़लती नहीं कर सकता। यहाँ उसे किसी शख़्स से ईमानदारी वाली महक नहीं आ रही थी।

“सब के सब मिलावटी है।” इतना सोचते पर ही उसका मन ख़राब हो गया।

“कहाँ तो वो लोग हैं जो आतंकवादियों को पकड़ने में अपनी जान की परवाह तक नहीं करते और कहाँ ये लोग है जो...” उसकी सोच ने उसको परेशान कर दिया था। उसे याद आ रहा था कि एक बार फौरन पोस्टिंग पर जाने के लिए मेजर साहब ने सारे हथकण्डे अपना लिए थे। जब कोई तरीक़ा कामयाब नहीं हुआ, तब उनकी नेता से पहचान काम आयी थी।

“साहब लोग इनके बारे में सोचते हुए कितना अलग तरह से सोचते हैं लेकिन असल में ये कितनी अलग तरह के लोग हैं।” फ़ार्महाउस में पल-पल बदलते घटनाक्रम को देखकर बन्धु सोच रहा था।

"वो लोग इंटरनेशनल लेवल पर इंटेलीजेंस एलायंस की बात करते हैं। इंटरस्टेट एलायंस ना होने पर चिन्ता करते हैं और एक ये हैं जिनसे अपने पाँच बन्दे नहीं सम्हल रहे। इधर वाला, उस ओर वाली पार्टी में शामिल होने जा रहा है। उधर वाले को इधर वालों ने हाइजैक ही कर लिया है और जो किसी फँदे में ना फँसे, उसे ये लोग ख़रीद लेते हैं। सही कहा जाता है कि हर सामान की एक क़ीमत होती है और कुर्सी पर बैठा आदमी भी सामान ही होता है।" पिछले कुछ समय से वह बातचीत समझने की कोशिश किया करता था मगर आज सुबह से चल रहे घटनाक्रम ने बन्धु को राजनीति के दाँव-पेंच समझा दिये थे।

जनता इनको अपना आइडल मानती है। हर पाँच साल बाद वोट देकर लोग अपने लिए बेहतरीन का चुनाव करते हैं जबकि ये लोग तो ठीक-ठाक भी साबित नहीं होते। फिर इनसे बेहतर की उम्मीद करना तो अपने साथ अन्याय करना हुआ ना।

"इन्सान हमारे लिए कहा करते हैं,–'कुत्तों में एकता हो तो ये गंगा जी नहा आयें।' बल्कि सही बात तो ये है कि इन्सानों में अगर एकता हो जाये तो इनकी सरकार पाँच साल चल जाये। दल-बदल ये करते हैं, सरकार तक को चलने नहीं देते। यदि ये लोग ठीक से रहने लग जायें तो धरती रहने लायक बन जाये। कहीं आतंकवादी पैदा हो जाते हैं तो कहीं युद्ध चल रहे हैं और कुछ नहीं तो सरकारों के तख़्तापलट ही करवा देते हैं...हमें गंगाजी भेजने वालों ने गंगा को डुबकी लगाने लायक छोड़ा कहाँ है। वैसे क्या करेंगे हम गंगा नहा कर। गंगास्नान की ज़रूरत तो इनको है।" अपने सामने चल रहे घटनाक्रम को देखते हुए बन्धु अपने विचारों में व्यस्त हो गया था। देखने पर वह ख़ामोश बैठा दिख रहा था मगर असलियत में वह शान्त नहीं था। उसके मन-मस्तिष्क में विचारों की सुनामी चल रही थी।

"भाऊ तो समझो कि निकल ही गये थे। वो तो साहेब को सही समय पर ख़बर मिल गयी थी तो पकड़ लिया वर्ना तो वो नौ दो ग्यारह हो ही गये थे।" फ़ार्महाउस पर कार्यकर्ताओं की लम्बी-चौड़ी संख्या जुटी हुई थी। इतने कार्यकर्ताओं में से कौन, किस नेता का ख़ास है, इस बात की असलियत पता करना सबके लिए मुश्किल था। जब पार्टी नेतृत्व को लेकर भयानक उथल-पुथल मची हुई हो, ऐसे समय में सबका एक-दूसरे पर अविश्वास

करना इन्सानी समझदारी कही जा सकती है। इस समय फ़ार्महाउस में एक से बढ़कर एक समझदार जुटे हुए थे। ऐसे तेजाबी दौर में जिसे राजनीति का ककहरा समझ नहीं आता, उसके लिए तो परेशानी और ज़्यादा बढ़ गयी थी।

"सब के सब दल बदलू हैं। जो कुछ देर पहले इधर था, थोड़ी देर में ही वो दूसरी पार्टी में मिल जाता है। इन्सान को समझना बहुत मुश्किल काम है। कोई और तो इनको क्या समझेगा, ये तो ख़ुद भी अपने-आप को कहाँ समझ पाते हैं।" इन्सान को समझने की प्रक्रिया में उसके अन्तर्मन में द्वन्द्व चल रहा था।

"टकटकी लगाए क्या देख रहा है ये? लगता है जैसे एक्स-रे कर रहा है।" गाड़ियों में भर-भर कर लाए गये सब लोग राजनीति के माहिर नहीं होते। कुछ समाजिक संरचना के ठेकेदार भी होते है। ऐसे में उनके टार्गेट पर ग़रीब, ज़रूरतमंद या महिला ना हो तब वे निरीह प्राणियों पर अपनी बुद्धि चलाने लगते हैं। दो-चार लोगों के समूह के टार्गेट पर इस बार बन्धु आ गया था।

"इसके गले का पट्टा देखा है?" बन्धु के गले में बन्धे पट्टे को देखते हुए एक कार्यकर्ता ने दूसरे से पूछा।

"हाँ कुछ ज़्यादा ही अलग तरह का है। अब मुख्यमन्त्री के कुत्ते का पट्टा ख़ास ना होगा तो किसका होगा? समझा करो, कुछ भी बोलते रहते हो।" एक ने दूसरे को टोक दिया।

"अरे नहीं। ये फ़ौजी कुत्ता है। पट्टा ज़रूर फ़ौज से ही मिला होगा। ऐसी बढ़िया चीज़ें वहीं मिलती हैं।" दूसरे ने अपनी समझ के अनुसार पहले को समझाया। अभी यहाँ अपनी-अपनी समझदारी दिखाने की होड़ चल ही रही थी कि एक अन्य व्यक्ति उनकी बातों के बीच में कूद पड़ा।

"अरे देखो, शायद इसके पट्टे में कुछ फिट किया हुआ है। कहीं कोई डिवाइस तो नहीं है? हो सकता है कि ऐसा डिवाइस फिट किया हो जिससे हमारी बातें सुनी जा रही हो। फ़ौजी कुत्ता है ना, तो ट्रेनिंग तो मिली ही हुई है ही। जासूसी के लिए ही शायद ये हमारे आसपास घूमता है। हमारी बातें अन्दर सब लोग सुनते होंगे।" एक चिन्तित कार्यकर्ता ने थोड़ी झिझक के साथ मन में चल रही उथल-पुथल को अपने साथ मौजूद दूसरे कार्यकर्त्ता को बताया।

"क्या मालूम। कहीं पट्टे में कैमरा लगा हो और हमारी वीडियो भी बन रहा होगा तब तो हम लोग मुश्किल में पड़ जायेंगे।" इस विचार के फैलते ही सब लोग सम्हल गये। जो लोग अक्सर कुत्ते के सामने पार्टी के नेताओं का मज़ाक उड़ाया करते थे, उन्होंने भी अपने इरादे तुरन्त बदल लिये।

उन्नीस

इस तरह की रिहाइश उसने पहली बार देखी था जहाँ हर चीज़ अब तक देखे अन्य घरों से अलग थी। मेल-मिलाप का स्थान हो या अन्य व्यवस्था, हर बात में अलग बात थी। बैठक से पहले बैठने की व्यवस्था तीन अलग-अलग जगहों पर थी। अधिकांश लोग बरामदे के बाद वाले मीटिंग रूम तक पहुँच कर ही धन्य हो जाया करते थे। बहुत हुआ तो लोग-बाग, साहेब की 'स्टडी' तक पहुँचने को ख़ुशक़िस्मती मान लेते थे। बहुत कम मेहमानों को दूसरे नम्बर के या कहें, फैमिली गेस्ट रूम तक पहुँचने का मौक़ा मिलता था। यहाँ तक पहुँचने वालों में साहेब के रिश्तेदार और क़रीबी मित्र शामिल होते थे। अन्तिम चरण तक यानी बैठक में मुलाक़ात के लिए पहुँचने वाले लोग मुट्ठीभर थे। वह देखता था कि साहेब जैसे लोगों की मुट्ठी बहुत बड़ी होती है और उसमें समाने वाले मुट्ठीभर भी बहुत सारे होते हैं।

इस बैठक में सोफ़ा, दीवार के साथ सटाकर नहीं रखा गया था। आमतौर पर घरों के आकार के अनुसार बैठने की व्यवस्था में लोग अपने घर के एक-एक इंच का इस्तेमाल समझदारी से करते हैं। फर्नीचर को दीवारों से साथ लगाकर रखा जाता है जिससे कम जगह का अधिक उपयोग किया जा सके। मगर इस जगह पर, जगह की कोई कमी नहीं है। यहाँ सब तरफ़ जगह ही जगह है। शायद इसीलिए यहाँ बैठक में दीवार और सोफ़े के बीच अच्छी-ख़ासी जगह रखी गयी है। ऑफ़िस देखे थे उसने, जहाँ साहब लोगों की चेयर और विशालकाय टेबल, कमरे के बीच में होती थी मगर ऐसी व्यवस्था वाला घर, वह पहली बार देख रहा था। ऐसी जगह वह सिर्फ़ देख नहीं रहा है बल्कि अब वह यहाँ रहता है।

मिडिल क्लास लोगों के घर मुश्किल से पारिवारिक सदस्यों की ज़रूरतें पूरी करते हैं। सरकारी घरों की दीवारें रहने का स्थान तो देती हैं मगर ग़लतफ़हमी पालने की गुंजाइश नहीं देती। वैसे भी कहावत है ना कि नौकरी वालों की वास्तु, पंखे के नीचे होती है। जिस जगह पंखा लगा हो, दिशाओं के सोच-विचार में पड़े बिना लोग वहीं अपना बिस्तर बिछा लेते हैं। जहाँ दरवाज़े और खिड़कियाँ इजाजत दे देते हैं, वहाँ फर्नीचर सज़ा लिया जाता है। बन्धु को याद आ रहा था कि रिटायर्मेंट के बाद जब वह यहाँ आया था, उन दिनों इंटीरियर डिज़ाइनर बहुत सारे बदलाव करवा रहा था।

डिज़ाइनर ने वास्तुशास्त्र के अनुरूप फ़ार्महाउस की साज-सज्जा पर विशेष ध्यान दिया था। बहुत कुछ तोड़कर, कुछ-कुछ सुधार के साथ इमारत को फिर से बनवाया गया था। वह अक्सर सोचता है कि सरकारी इमारतों और नेताओं के घर पर ही बार-बार सुधार कार्य क्यों करवाए जाते हैं। इस बात पर उसे याद आया कि एक बार कैप्टन साहब ने कहा था, "सरकारी इमारतें या नेताओं के घरों पर लगातार सुधारीकरण चलता रहता है। दरअसल यही दोनों डिपार्टमेंट सुधार के नाम पर पैसा ख़र्च कर सकते हैं।"

नेताओं के निवास स्थान पर हर चुनाव से पहले बढ़िया वाला वास्तु विज्ञानी घर में तोडफ़ोड़ ज़रूर करवाता है। अगली जीत सुनिश्चित करने के लिए घर के राहू-केतु का इलाज करवाया जाता है। उसे यक़ीन हो गया है कि राजनीतिज्ञ, आधुनिक युग के राजे-रजवाड़े हैं। इनके घरों में ऐसे तामझाम नहीं होंगे तब और कहाँ होंगे।

पहली बार यहाँ क़दम रखा था तब हर चीज़ को बारीक़ी से देखते हुए वह चौंक जाया करता था। अब तो यह सब आदत में शामिल हो गया है। बल्कि ना जाने कितनी बार हुआ कि जहाँ-तहाँ रखा सज़ावटी सामान, आजकल उसको अलग से दिखाई भी नहीं देता। मुख्य द्वार के सामने लगे बड़े-से फव्वारे ने शुरू-शुरू में उसका ध्यान खींचा था। इतना विशालकाय फव्वारा तो उसने पूरे कैंटोनमेंट में नहीं देखा था।

आजकल इस फव्वारे पर बन्धु का ध्यान तब ही जाता है जब साहेब के आने की ख़बर मिलने पर फव्वारे को चालू किया जाता है। ऊँचाई से गिरते

पानी की आवाज़ और इधर-उधर छिटक कर गिरती पानी की बूँदों से भीगने पर फव्वारा उसे दिखाई देता है। फ़ार्महाउस में चहल-पहल नहीं होने पर बन्धु की नज़र फव्वारे से अधिक उसके चारों ओर बनी सड़क पर ज़्यादा रहती है। यह सड़क इतनी दूर तक गोल आकार में बनायी गयी है कि गाड़ी में रिवर्स गेयर लगाने की ज़रूरत नहीं पड़ती। फ़ार्महाउस में प्रवेश करने के बाद ड्राइवर गाड़ी का स्टेयरिंग व्हील घुमाते हुए वापस बाहर जा सकता है।

"आज यही सड़क गाड़ियों के बोझ से दब गयी थी। यदि सबने ठीक से गाड़ी खड़ी कर दी होती तो भाऊ को यह दिन देखना ही नहीं पड़ता। गाड़ी को चलाकर बाहर निकला जा सकता था मगर बात यह है कि इन्सान अपनी परेशानियाँ बढ़ाकर सहज महसूस करता है। इन्हें परेशानियों में रहना, परेशानियों पर बात करना और परेशानियों के हल खोजने पर बात करना पसन्द है। पर उन्हें परेशानियों को ख़त्म करना पसन्द नहीं है।" उसने अभी-अभी देखा था कि किस तरह भाऊ का ड्राइवर बेतरतीब खड़ी गाड़ियों में से जगह बनाकर अपनी गाड़ी को आगे-पीछे कर ही रहा था कि बेचारे भाऊ, धर लिए गये।

यह दोपहर बाद का समय था। मुख्य द्वार बन्द कर दिया गया था और अब किसी के आने पर ही दरवाज़ा खोला जा रहा था। आज का चक्कर बन्धु को उलझन में डाल रहा था। साहेब के आने के बाद जो दरवाज़ा दिन में उसने कभी बन्द नहीं देखा था, वह आज भरी दोपहर में बन्द कर दिया गया था। दरवाज़ा ख़ूब पूछताछ करने के बाद और भीतर से आदेश मिलने पर ही खुल रहा था। तिस पर भी कमाल यह कि जो यहाँ आ गया था, वह बाहर नहीं जा रहा था या कहा जाये कि उसके लिए बाहर जाने का रास्ता बन्द हो जाता था।

थोड़ी ही देर में उसे एक नयी जानकारी मिली। अब दरवाज़े को सिर्फ़ बाहर से भीतर आने के लिए खोला जा रहा था। बाहर जाने का रास्ता, सबके लिए बन्द हो गया था। किसी के आने की ख़बर पर दरवाज़ा खुल भी रहा था तब भी आधा फाटक ही खुल रहा था। इतनी रेलमपेल, हो-हल्ला और घबराहट जैसा माहौल उसे हैरान कर रहा था। इस बार बड़ी गाड़ी के आने पर

फिर से हलचल मच गयी। तेज़ क़दमों से साहेब के पास पहुँचने की जल्दी लिए क़दमों के साथ उसने भी भीतर जाने का फ़ैसला कर लिया।

"साहेब ने उड़ती-सी नज़र मुझपर डाली थी मगर उनका ध्यान अभी-अभी पहुँचे मेहमान पर था। आने वाले ने ना जाने किसका नाम लिया था कि अचानक साहेब के चेहरे का रंग फीका पड़ गया।" बदले हालात को समझने की कोशिश में बन्धु अपनी पूरी ताक़त लगा रहा था।

"ऐसा कैसे हो सकता है? बात करवाओ उससे।" साहेब ने कड़कती आवाज़ में आदेश दिया।

"साहेब के आदेश का अलग-अलग लोगों ने जवाब दिया था। मैं समझ नहीं सका था कि क्या जवाब मिला है। मुझे माहौल में टेंशन समझ आ रही थी। मैं निर्णय नहीं ले पा रहा था कि मुझे यहाँ रुके रहना चाहिए या बाहर चले जाना चाहिए। अभी सोच-विचार चल ही रहा था कि फ़ोन की घंटी बजी। बड़े से हॉलनुमा कमरे में तनाव चरम पर पहुँच गया था। साहेब अपनी पत्नी और बच्चों से बहुत प्रेम करते हैं मगर अपने परिवार से ज़्यादा समय फ़ोन के साथ बिताते है। जिस फ़ोन को वह सबसे निकट रखते थे, अचानक उन्होंने उस फ़ोन को ही पटक दिया। वह अपनी अलग-सी भाषा में कुछ कह रहे थे। गाली, हर भाषा में चेहरा विकृत कर देती है। साहेब की आँखें फट पड़ने को थीं। ग़ुस्से से उनका चेहरा डरावना लग रहा था।" यह सब देखकर बन्धु ने बैठक से बाहर जाने में ही भलाई समझी। उसने पीठ घुमायी ही थी कि कानों में आवाज़ पड़ी, "इस हरामजादे के आने के बाद हुआ ये सब। हरामी कुत्ता साला, इसकी हाय लगी है हमें। मरवा दो इसे। सरकार बचानी है तो इस कुत्ते को मार दो...बलि देने से ही अनिष्ट टलेगा।" साहेब के आसपास मौजूद लोगों को उनका ग़ुस्सा समझ आ रहा था। तीन साल चली सरकार के अचानक गिर जाने पर साहेब के साथ खड़े लोगों को बलि देने का कारण जायज़ भी लगा होगा।

"इन्सान जब सफल होता है, तब उसके पीछे सिर्फ़ उसकी मेहनत और लगनघ् होती है मगर उसकी असफलता में दोष उसका नहीं होता। ना उसके किसी काम में कमी होती है। कमी होती है तो वास्तुदोष की, किसी के किये

जादू-टोने की या सफलता की राह पर आगे बढ़ते व्यक्ति को किसी प्राणी की हाय लग जाती है। ऐसा ना होता तो सब ठीक-ठाक चलते-चलते, बीच रास्ते में उसकी सफलता को कौन रोक सकता है? इस सबसे मुक्ति के लिए हाय लगाने वाले प्राणी की बलि दे देनी चाहिए।" बन्धु ने इन्सान की समझ को अपनी समझ से दोहराया।

"ख़ुद राजनीति में फेल हो गये हैं, भला यह मानना कहाँ की बात हुई। दोष दूसरे के सर मढ़ना सही होता है। इस बार ठीकरा फोड़ने को शिकार घर में ही मिल गया है। बन्धु ना होता तो शिकार की तलाश में दूर तक खोजबीन करनी पड़ती।" परिस्थितियों को समझने का प्रयास में बन्धु आत्मसंवाद कर रहा था।

"बाहर निकालो इस बहन** को। गोली मार दो इसको।" साहेब गरजे।

"बलि देने से बला टल जाती है। इस पनौती की बलि चढ़ा दो।" साहेब ने अन्तिम निर्णय सुना दिया था।

"बहन** को" कमरे से बन्धु सिर्फ़ यही शब्द अपने साथ लेकर बाहर आया।

"साहेब को मनोविज्ञान का जादूगर कहा जाता है। यदि ऐसा नहीं होता, तब आम साधारण फ़ौजी से मुख्यमन्त्री बनने तक का सफर वह कैसे तय करते।" बन्धु ने साहेब के कहे शब्दों पर गम्भीरता से विचार करना शुरू कर दिया था।

"साहेब मनोविज्ञान के जानकार है पर यह नहीं जानते कि दिन-रात साथ रहने वाले पशु-पक्षी भी उनकी बातें समझने लगते हैं। जब हालात उनके काबू से बाहर हो गये तब वह भी अपने घर की महिलाओं को गालियाँ देने लगे।"

"बहन** बाहर खड़ा है। हटाओ इसे मेरी नज़रों से।" मुझे देखकर साहेब ज़ोर से चिल्लाए।

"बहन**" इस शब्द के पीछे की भावना ने बन्धु को शिथिल कर दिया था। उसके हाथ-पैर सुन्न पड़ने लगे। जिन भाई-बहनों की याद में वह जीवन भर तड़पा, आज साहेब ने यह क्या कह दिया!

वह दूर चट्टानों के बीच जाकर बैठ जाना चाहता था। इस बार वह वापस ना लौटने का मन बना चुका था।

देर-सवेर साहेब के आदेश का पालन होना ही था। बन्धु को सिर्फ़ बाहर नहीं निकाला गया था, बल्कि साहेब के अनुसार उसका दोष साबित हो चुका था। सरकार गिरने में पार्टी का या नेताओं का दोष नहीं था। साहेब के आदेश के बाद सर्वसम्मति से दोष उस कुत्ते का साबित हो गया था जिसके सरकार बनाने या गिराने में योगदान को वह स्वयं भी नहीं जानता था।

कहाँ तो पितृ दोष ठीक करने के लिए कुत्तों को भोजन करवाने की परम्परा निभाई जाती है और आज अपनी सरकार बचाने के लिए कुत्ते की बलि का आदेश भी पारित हो गया था।

वहाँ मौजूद सब लोग वही थे जो किसी ना किसी तरह के पदों पर बैठे थे या पदों से लाभान्वित होते रहे थे। साहेब के निर्णय पर सबकी सहमति थी। सरकार बचायी जा सके इसी के लिए तमाम कोशिशें करी जा रही थीं। यदि गद्दी हाथ से निकल जाती है तब भी कम से कम वहाँ उपस्थित लोग अपने सर पर यह बदनामी नहीं चाहते थे कि उनकी किसी कमी के कारण सिंहासन हाथ से निकल गया। ग़लती किसी की भी हो, किसी ऐसे की तलाश की जानी थी, जिस पर दोष मढ़ दिया जाये। बन्धु की तलाश शुरू हो गयी थी। वह छिपने के तमाम प्रयास कर रहा था मगर क़िले जितनी ऊँची दीवारें लाँघ जाना अब उसके बूते की बात नहीं थी। उम्र ने शरीर और कुचल दिये गये आत्मसम्मान ने उसका हौसला तोड़ दिया था।

अन्तिम छोर पर उगी झाड़ियों के पीछे बैठे हुए उसने अपनी साँसें रोक ली थीं। दौड़ते हुए उपर चढ़ने के कारण वह हाँफ रहा था लेकिन सुरक्षा के लिहाज़ से मिली जिस ट्रेनिंग ने उसे साँसें नियन्त्रित करना सिखाया था, आज वही ट्रेनिंग बन्धु के काम आ रही था।

अपने शरीर को मोड़कर छोटा करने की कोशिश में उसने अपना चेहरा पैरों के बीच में छिपा लिया। पूँछ पिछले पैरों के बीच दबा ली थी और कान ख़ुद-ब-ख़ुद नीचे हो गये थे। उसकी साँसें धौंकनी-सी चल रही थीं और धड़कन इतनी तेज हो गयी थी मानो किसी भी पल थम जायेंगी। उसे अपनी ओर आते क़दमों की आहट साफ़-साफ़ सुनाई दे रही थी। हर बार क़दम उसके नज़दीक आते जा रहे थे। इस बार उसने अपनी आँखें बन्द कर लीं। अपने व्यवहार पर

वह हैरान था। अपनी जान बचाने के लिए ऐसे-ऐसे उपक्रम भी करने पड़ेंगे, ऐसा उसने कभी नहीं सोचा था। जहाँ पग-पग पर जान जाने का ख़तरा था, वह ऐसी जगहों से विजयी होकर लौटा था और जहाँ उसके लिए आरामदायक जीवन का इन्तज़ाम किया था, वहाँ जान के लाले पड़ गये थे।

बीस

जीवन किसी फ़िल्म की तरह उसके सामने से गुज़र रहा था। शिकार करना, खुँखार आतंकवादियों पर बेख़ौफ़ झपट पड़ना उसके पेशा था। ना जाने उसने कितने आतंकी पकड़वाए थे, अनगिनत सफल ऑपरेशन का हीरो, बहादुरी के कीर्तिमान बनाने वाला, वीरता पदक से सम्मानित बन्धु आज अपनी जान बचाने के लिए इस तरह डरा-सहमा हुआ एक झाड़ी के पीछे छिपा हुआ था।

उसने अपनी स्थिति पर ध्यान केन्द्रित किया। रिटायर्मेंट का दृश्य उसकी आँखों में आकर ठहर गया। बैंड बजाया जा रहा था। फूल मालाएँ पहनाई जा रही थीं। बन्धु को तिलक लगाया गया था। हैंडलर जो ख़ुद एक फ़ौजी सिपाही था, वह हर क़दम पर उसके साथ चल रहा था। फ़ौजी तरीक़े से उसकी विदाई की तैयारी चल रही थी। लाल रंग के कालीन पर चलकर वह जिप्सी तक पहुँचा था। जिप्सी उसे रेलवे स्टेशन तक छोड़ने आयी थी। बटालियन से लेकर रेलवे स्टेशन तक ना जाने कितनी मोबाइल सेल्फियों में वह क़ैद होता रहा। यदि उसे पढ़ना-लिखना आ रहा होता, तब वह इस यात्रा के दौरान ना जाने कितने ऑटोग्राफ़ देते हुए आता। यह भी सम्भव था कि यदि उसे कलम चलाने का हुनर होता, तब वह भी अपनी आत्मकथा लिखता। मगर ऐसा कुछ भी सम्भव नहीं था।

वीरता पदक से सम्मानित बन्धु के लिए एयरकंडीशन सीट बुक थी। हैंडलर उसे लेकर जब देश की वित्तीय राजधानी पहुँचा, उनके लिए गाड़ी इन्तज़ार कर रही थी। उसके यहाँ आने से पहले साहेब के फ़ार्महाउस का दौरा किया जा चुका था। फ़ौजी स्टाइल में 'ऑल ओके' रिपोर्ट के बाद सिस्टम ने बन्धु को यहाँ भेजने के लिए सहमति जतायी थी।

हर दूसरे महीने बन्धु का हैंडलर उसे विज़िट करने आता था। उसकी सेहत की ख़ैर ख़बर लेने के बहाने वह साहेब से भी मिल लेता था। हैंडलर की याद ने उसे थोड़ी हिम्मत दी। अचानक डर के स्थान पर उसकी आँखों में गौरव चमकने लगा था।

"मैं ऐसी मौत मरने के लिए पैदा नहीं हुआ था।" उसने अपने-आप से कहा।

क़दमों की आहट उसके पास आकर थम गयी। उसने नज़र उठाकर देखा, उसके सामने भावेश था। यह वही चेहरा था जो हर दिन उसके खाने-पीने का प्रबन्ध करता था। दिन में दोनों अक्सर बॉल से खेलते थे। भावेश उसकी मसाज करता था। माली जब पौधों में पानी ड़ाल रहा होता था, भावेश पाइप से बन्धु को नहलाया करता था।

इस समय भावेश को सामने देखकर उसे ख़ुशी नहीं हुई। थोड़ी देर पहले तक यह व्यक्ति उसे अपना लगता था। भावेश जानता था कि बन्धु के छिपने की सम्भावित जगह कहाँ हो सकती है। वह अपने अनुमान के अनुसार बन्धु को तलाश ही रहा था कि उसी समय माली को अपनी ओर संकेत करते देखकर बन्धु का हौसला टूट गया।

बैठक के सामने से भागते हुए जान बचाने के लिए वह कभी बगीचे में तो कभी चट्टानों के बीच छुपते-छुपाते इस समय झाड़ियों में दुबका हुआ था। डर के मारे उसने आँखें बन्द कर रखी थीं मगर जब आँखें खोलीं, सामने वह इन्सान था जो थोड़ी देर पहले तक दोस्त लगता था। इस समय वह किसी तरह की ग़लतफ़हमी में नहीं था।

बन्धु स्निफर डॉग है, वह सुगन्ध पहचानता है। आगे जो होने वाला था, बन्धु ने भावेश के पसीने की गन्ध से समझ लिया था। कुत्ते भावनाओं को समझते हैं। भावेश ने अपना हाथ आगे बढ़ाया। बन्धु ने अपना पंजा उसकी ओर बढ़ा दिया।

इक्कीस

हैंडलर उसकी पीठ पर हाथ फेरते हुए लगातार उससे बातें कर रहा था। उसके स्पर्श से वर्तमान में उपस्थित रहने का आभास होने के बावजूद बन्धु पुराने दिनों की यात्रा पर निकल गया। जितना प्रयास वह वर्तमान में रुके रहने के लिए कर रहा था, उतना ही उसके ज़हन में पुराने दिनों की यादें ताज़ा हो रही थीं। हरे-भरे लहलहाते हुए खेतों के साथ चारपाई पर लेटे हुए उसे कभी पूर्वोत्तर की हरियाली याद आ रही थी तो कभी कश्मीरी पर्वतों की तलहटी में उसका मन जा कर बस जाता था। इन सबसे बाहर निकलने का प्रयास करता तो उत्तराखण्ड के पहाड़ों की याद उसे घेर लेती थी। वह इधर-उधर की बातों में मन उलझाने की कोशिश कर रहा था मगर उसका दिल, दिमाग़ पर हावी हो जाता था। वह भूल जाना चाहता था ताज़ा घटे घटनाक्रम को लेकिन बार-बार उसको वही सब याद आ रहा था।

"जय हिंद साहब जी।" हैंडलर की आवाज़ से वह चौंक गया।

"हाँ साहब जी। मैं वहीं बस से उतरा था। उधर ही बस अड्डा है ना साहब। वहाँ से मैं पैदल चलकर साहेब के फ़ार्महाउस जाने वाला था।" अपनी बात कहकर वह चुप हो गया। बन्धु समझ रहा था कि इस समय फ़ोन पर दूसरी ओर से सवाल-जवाब किये जा रहे थे।

"हाँ सा'ब। उधर ही मिला था।" हैंडलर ने जवाब दिया। बन्धु को याद आ रहा था कि उसने जब आँखें खोली, हैंडलर उसके सामने था।

"साहब, पैर टूट गये हैं। प्लास्टर लगा है। पसलियाँ भी टूट गयी हैं। मैं उधर ही वेटनरी डॉक्टर के पास ले गया था सा'ब।" हर अगले क़दम की जानकारी दी जा रही थी। वह भी ध्यान से हर बात सुन रहा था। जब यह

सब घटित हुआ, तब कैसे और क्या घटनाक्रम चल रहा था, हैंडलर की बातें सुनकर वह याद कर रहा था। उस समय क्या-क्या और किस तरह घटित हुआ, ठीक से उसे कुछ भी याद नहीं था।

"जी सा'ब। बन्धु की पेंशन है ना सा'ब। इसका ईलाज भी हो जायेगा सा'ब।" यह सब सुनकर बन्धु कशमकश में था। अपने बारे में इतनी जानकारी तो स्वयं उसे भी नहीं थी।

"नहीं सा'ब। बिल्कुल अचानक हुआ सब कुछ। मैं जैसे ही आगे जा रहा था, साथ में पहाड़ था। ऊपर बाउंड्रीवॉल था ना साहब, वहीं से धड़ाम से गिरा।" इतना कह कर हैंडलर कुछ देर के लिए चुप हो गया। फ़ोन पर दूसरी ओर से भी कोई आवाज़ नहीं आ रही थी।

"सा'ब, वो बन्दा और अपना बन्धु, दोनों लगभग-लगभग एकसाथ ही गिरा था। बन्दे की चीख़ ने सबका ध्यान खींचा था। बस स्टैंड से लोग भी आ गया था उधर पर किसी ने हाथ नहीं लगाया।" उस दृश्य को याद कर हैंडलर कुछ पलों के लिए चुप हो गया था।

"हाँ सा'ब, बचाने कोई नहीं आया सा'ब। एक-दो लोग मोबाइल से वीडियो बना रहा था। वहीं किसी ने फ़ोन किया था पुलिस को।" चारपाई पर लेटा बन्धु, घटना का आँखों देखा हाल सुनते हुए अजीब-सा महसूस कर रहा था। सब कुछ कैसे घटित हुआ, यह जानकर उसके मन में उथल-पुथल शुरू हो गयी थी। दर्द से बेहाल वह हिलने-डुलने में भी असमर्थ था। उसने आँखें खोलकर अपने आसपास नज़रें घुमायी। सब कुछ वैसा ही था जैसा होना चाहिए था। उसको एक ही बदलाव महसूस हो रहा था कि इस बार उसके आसपास पहाड़ नहीं थे। दूर-दूर तक खेत ही खेत था और खेत में फसल लहलहा रही थी।

"पुलिस तो उधर ही थी गश्त पर। उधर फ़ार्महाउस में इतना नेता लोग ज़मा हुआ था, वहाँ इतना कुछ चल रहा था तो पुलिस को तो रहना ही था ना सा'ब। फिर सरकार बदलने का कार्यक्रम चल रहा था ना सा'ब, तो वहाँ कितना कुछ बदलने वाला था। सुरक्षा के लिहाज़ से पुलिस को उधर ही ड्युटी करना था।" बोलते-बोलते हैंडलर अचानक चुप हो गया। फ़ोन पर दूसरी ओर से जो कहा जा रहा था, हैंडलर चुप होकर सुनने लगा।

"हाँ सा'ब। भावेश नाम बताया था उसका।" यह सुनते ही बन्धु के मस्तिष्क में चल रही धुँधली-सी तस्वीर में रंग भर गये। उसे सब कुछ याद आ गया था। किस तरह वह सबसे जान बचाते हुए झाड़ियों में छिप गया था। किसी के सामने अपना जीवन खोलकर नहीं रखना होता। राज़दार इन्सान आख़िर होता तो इन्सान ही है ना। भावेश जानता था कि फ़ार्महाउस में बन्धु कहाँ मिलेगा और उसने अनुमानित जगह पर अपना शिकार तलाश लिया था। इतना सब याद करने से वह असहज महसूस कर रहा था। उसने गर्दन घुमानी चाही मगर वह अपनी ही गर्दन को अपनी मर्ज़ी से हिला नहीं सका। गर्दन पर उसे कुछ भार-सा महसूस हुआ। उसने पंजे से गर्दन पर ज़मा भार हटाना चाहा, मगर वह ऐसा करने में भी सफल नहीं हो सका। उसे अपने पैर, पत्थर जैसे हो गये लगे। ना जाने पैरों पर पत्थर बन्धे थे या पैर...

उसे याद आया कि मौत को क़रीब से देखना उसके लिए नया अनुभव नहीं था मगर उसके लिए अपनी मौत को महसूसने का यह पहला अवसर था। वह सोच रहा था कि मौत आने से पहले के पल सोच से अधिक ख़ौफ़नाक थे।

"हाँ सा'ब। सरकार तो बच ही गयी। वो तो आपने न्यूज़ में सुन लिया होगा। एक-एक आदमी के इधर-उधर होने का खेल चल रहा था। सा'ब, हमारा बन्धु लकी है ना सा'ब। इसके होने से सरकार बच गया। सा'ब, तख़्तापलट रुकवा दिया इसने।" इस बार हैंडलर की आवाज़ में जोश था।

"सा'ब हमारा बन्धु इतना ऑपरेशन से ज़िन्दा लौटा था फिर इधर इसका जान थोड़ी जाना था। सरकार बचाने की बलि तो चढ़ाई है साहेब ने पर बलि तो ख़रीदे हुए की लगती है ना सा'ब और हमारा बन्धु तो बिकाऊ नहीं था।" हैंडलर की बात सुनकर फ़ोन के दोनों ओर सन्नाटा पसर गया। बेहोशी से होश में आने में लम्बा वक़्त लगा था। इस बीच जो हुआ, वह सब बन्धु के लिए पहेली जैसा था। उसके शरीर पर अनेक चोट आयी थीं और आँख खुलने पर पता लगा था कि अब वह चलने-फिरने में सक्षम नहीं है। उसके चारों पैरों पर प्लास्टर चढ़ा हुआ था। साँस लेने में तकलीफ़ हो रही थी। बन्धु ने बारी-बारी से अगले-पिछले पैर हिलाने चाहे। उसे भारी-भरकम बोझ के सिवाय कुछ ओर महसूस नहीं हुआ। शायद वह प्लास्टर की गिरफ़्त में क़ैद थे।

"हाँ सा'ब, बन्दे को उठाने वाले तो बहुत थे। हम तो अपने बन्धु को लेकर डॉक्टर के पास पहुँचे। इसके लिए सिर्फ़ हम थे सा'ब। हम समय पर नहीं होते तो पता नहीं क्या हो जाता।" अपनी बात कहकर हैंडलर चुप हो गया।

हमारा शरीर विज्ञान के फ़ार्मूले से बना है मगर इसमें रहती हैं भावनाएँ। हम जब, किसी के लिए कुछ महसूस करना चाहें, तो कर लेना चाहिए। भावनाओं का विज्ञान कहता है कि उन्हें रोको मत, जिस रूप में वे आयें, आने दो। जिस गति से वे आयेंगी, उसी गति से चली जायेंगी। जो आराम-आराम से आयेगा, वह उतनी ही सहजता से जायेगा। जो तूफ़ान की तरह आयेगा, सुनामी के बाद की तबाही छोड़कर जायेगा।

"भावेश ने हाथ बढ़ाया था और मैंने भी अपना पंजा आगे बढ़ा दिया था। सूँघकर हालात पता कर लेना मेरी ताक़त है। भावेश से मुझे गन्ध आ गयी थी। वह मुझे लेकर सिक्योरिटी वाली दीवार पर चढ़ गया था। दीवार से नीचे की गहराई देखकर मुझे बहुत-कुछ समझ आ रहा था। उसने मेरा पंजा ज़ोर से खींचा। मैंने ऑपरेशन की तैयारी कर ली थी। दीवार से भावेश ने मुझे धक्का दिया था और मैं छलाँग लगाकर उसके उपर ही चढ़ गया था। दीवार पर खड़े रहकर बैलेंस बनाए रखना सबके बस की बात नहीं होती। साहेब ने बलि का आदेश दिया था। सरकार बचाने के लिए बलि ही तो देनी थी, फिर कुत्ते की बलि से काम बनता या नहीं बनता, इन्सान की बलि से तो बन ही गया। साहेब को सोचना पड़ेगा कि अगली बार यदि फिर से सरकार बचाने की नौबत आयी, तब किस की बलि दी जायेगी।" उसने गहरी साँस छोड़ी। बन्धु की आँखें बन्द हो गयी थीं। उसके सारे दर्द मिट गये थे।

□□